覚えておきたい芭蕉の名句200

松尾芭蕉
角川書店＝編

角川文庫
21735

はじめに

松尾芭蕉という俳人を、知っていますか。

学校の教科書で、芭蕉の「古池や蛙飛び込む水の音」という俳句を習ったという人は、多いのではないでしょうか。

しかし、芭蕉はどこが優れていたのか、作品のどこがすごいのか、と問われたら、即座に答えられる人は少ないように思います。

芭蕉は、日本の俳諧を完成させた功労者であり、蕉風と呼ばれる俳句を確立した、日本史上最高の俳人の一人です。最大の功績は、それまで言語遊戯にすぎなかった俳諧を、人生を表現する芸術性の高い詩に昇華させた点にあります。芭蕉以前に、芭蕉のような俳句はなかったのです。

さらに、芭蕉が日本最高の詩人と仰がれるのは、俳句という小さな器を通して、日本の風土の情感と人間の心情を切実にとらえて見せたからにほかなりません。現代俳句の源は芭蕉から始まるといわれるゆえんでもあります。

作品に即してみますと、芭蕉らしい主体性のある文学的な俳句が多く見られます。胸中の感慨を端的に吐露するこのような俳句は、芭蕉以前にはありませんでした。これは、常に作品に「新しみ」を追求し、生涯に句風を何度も変化させた芭蕉の努力と研鑽《けんさん》の賜《たまもの》なのです。「昨日の我に飽くべし」という金言は、俳句実作者の心構えとして、現在も光彩を放ち続けています。

本書は、漂泊と思郷の俳人である芭蕉のエッセンスを、名句と名言と年譜によって、コンパクトに凝集したものです。江戸時代の封建体制下、自らを無用者・風狂者と定めて、俳道一筋に生き、自己変革によって新しい芸境を拓いた芭蕉の不朽の名句二〇〇句を、編年順に並べ、口語訳と解説を付し、名言と年譜を巻末に添えて、その生涯を浮き彫りにしました。

日本には、古来「言霊《ことだま》」という伝統があります。ことばが単に意味を伝達するだけではなく、ことばそのものに力（魂）が宿っていることを信じ、それを大切にしてきました。

芭蕉の作品が示すことばにも魂が宿っています。そして芭蕉の俳句世界はとても広く、力強く、題材も方法もじつに多彩です。本書が、芭蕉の豊饒《ほうじょう》な文学的空間を旅する一助になればと願っています。

角川書店

目次

凡例

＊芭蕉の代表句二〇〇句を作句年代順に配列し、口語訳と簡単な解説を付した。俳句にはすべて振り仮名をつけた。
＊作品の制作年次は、概ね『新編芭蕉大成』(平成十一年、三省堂)に拠った。
＊俳句作品の表記は、漢字、送り仮名など、原句を損なわぬよう配慮しつつ読みやすいように改めたものがある。
＊本文執筆にあたり多くの先学の恩恵を受けた。殊に次の書物に負うところが大きい。『潁原退蔵著作集』第六巻―八巻〔俳諧評釈〕(中央公論社)、加藤楸邨『芭蕉全句』上・中・下(ちくま文庫)、『山本健吉全集』第六巻〔芭蕉全発句〕(講談社)、井本農一・堀信夫『松尾芭蕉集①全発句』(小学館)、『鑑賞日本古典文学』第二十八巻〔芭蕉〕、今栄蔵『芭蕉年譜大成』(共にＫＡＤＯＫＡＷＡ)。
＊本書の編集に、藻谷淳子・山下一海両氏の協力を得た。

寛文・延宝・天和年間（十九歳―四十歳）

春《はる》や来《こ》し年《とし》や行《ゆ》きけん小《こ》晦《つごもり》日

寛文二年（十九歳）

春が来たのであろうか。それとも年が行ったのであろうか。今日はまだ大みそかの前日だというのに。

季語は、小晦日（冬）。前書きに「二十九日立春なれば」とある。『古今和歌集』の「年の内に春は来にけり一年《ひととせ》を去年《こぞ》とやいはむ今年とやいはむ」(在原元方《ありわらのもとかた》）と同じく、年内立春を詠んだもの。もっとも早い芭蕉の句とされる。

雲《くも》と隔《へだ》つ友《とも》かや雁《かり》の生《い》き別《わか》れ

寛文十二年（二十九歳）

故郷の友だちと幾重の雲を隔てる遠い江戸へ、私は旅立とうとしている。北へ帰る雁が生き別れるようなものだが、雁が秋には帰るように、自分もまたいつかは戻ってこよう。

季語は、雁の別れ（春）。「雁」に「仮」の意をかける。石田波郷《はきょう》の〈雁《かりがね》や残るものみな美しき〉にも通じる、真率な響きの留別《りゅうべつ》吟。

命《いのち》なりわづかの笠《かさ》の下《した》涼《すず》み

延宝四年（三十三歳）

真夏、佐夜《さよ》の中山の峠にさしかかると、容赦なく太陽が照りつけ、わずかの笠の下を命と頼んで涼をとることだ。

季語は、涼み（夏）。有名な西行の歌「年たけてまた越ゆべしと思ひきや命なりけりさやの中山」を本歌とする。西行は自分の命をいとおしんで詠んだが、それを軽く転じたところが俳諧である。

あら何《なん》ともなやきのふは過《す》ぎて河豚汁《ふくとじる》

延宝五年（三十四歳）

昨夜は恐る恐る河豚汁を食べたが、何事もなく昨日は過ぎ、ほっとした。季語は、河豚汁（冬）。「あら何ともなや」は謡曲に使われる常套《じょうとう》句で、期待が外れた失望感を表す自嘲《じちょう》のことばだが、ここでは日常俗事に転用した。当時は一般的には、夜が明けるまでが昨日と考えられていた。

夏《なつ》の月《つき》御《ご》油《ゆ》より出《い》でて赤《あか》坂《さか》や

延宝八年（三十七歳）

東海道では御油を出ると間もなく赤坂に着くが、夏の月はそれほどのわずかの時間だけ空にあることよ。

季語は、夏の月（夏）。夏の夜の短さを、東海道でもっとも宿駅間の距離が短く十六町（約一・七キロメートル）しかない御油と赤坂の間にたとえたもの。芭蕉の初期としては出色の自信作であった。

蜘《く》蛛《も》何《なに》と音《ね》をなにと鳴《な》く秋《あき》の風《かぜ》

延宝八年

蜘蛛よ、虫どもが鳴きかわしているのに、そして蓑虫《みのむし》は「ちちよ、ちちよ」と鳴くというのに、お前は秋風の中で何と言って鳴くのだ。

季語は、秋の風（秋）。『枕草子』の「虫は」の段の蓑虫の話をふまえ、優雅な宮廷文学に対して「蜘蛛何と」と言いかえたところが俳諧。一種の問答体で、蕉風の先駆的作品。

夜《よ》ル窃《ひそか》ニ虫《むし》は月《げつ》下《か》の栗《くり》を穿《うが》ッ

延宝八年

九月十三夜の静かな月光のもと、月に照らされた栗の実に、音もなく虫は穴をあけていることだ。

季語は、月下の栗、すなわち栗名月・後の月(秋)。『和漢朗詠集』の詩句「夜の雨は偸《ひそ》かに石上の苔を穿つ」をふまえる。談林《だんりん》調のふざけた中に、人生の深い寂寥《せきりよう》感があり、蕉風発生の道筋を示唆する。

枯《かれ》枝《えだ》に烏《からす》のとまりたるや秋《あき》の暮《くれ》

延宝八年

枯れ枝に烏がとまった景色が、すなわち「秋の暮」の気分である。季語は、秋の暮（秋）。水墨画の画題「枯木寒鴉《かんあ》」を句に表現したもの。「秋の暮」は秋の夕べか暮秋かで見解が分かれるが、枯れ枝は葉の落ちた枝とみて、晩秋の夕暮れとも見られるか。俳諧撰集『あら野』では中七を「とまりけり」と改め「仲秋」の部に収める。

芭《ば》蕉《せう》野《の》分《わき》して盥《たらひ》に雨《あめ》を聞《き》く夜《よ》かな

天和元年（三十八歳）

芭蕉の大きな葉が台風を受けてはためき、粗末な草庵《そうあん》では盥に雨漏りを受ける音が響く。それらの音に耳を傾けながら、境涯を慨嘆していることよ。季語は、野分（秋）。「茅舎《ばうしや》ノ感」と前書きがあり、杜甫《とほ》の漢詩句から想を得たもの。清貧を愛する隠者的な態度がみえる。句に勢いがあって、字余りが気にならない。

櫓《ろ》の声《こゑ》波《なみ》ヲうつて腸《はらわた》氷《こほ》ル夜《よ》やなみだ

天和元年

深川三叉《みつまた》のあたりは、終夜行き交う舟の櫓の波を打つ音が絶えないが、それを聞くこの身は腸も凍るほどの悲しみの涙にくれている。

季語は、凍る（冬）。「深川冬夜ノ感」と前書き。前年冬、芭蕉は繁華な日本橋の住まいから突然に深川へ隠棲した。ことさら字余りにした漢詩風な表現に、庵住の孤独がにじむ。

朝《あさ》顔《がほ》に我《われ》は食《めし》くふ男《をとこ》かな

天和二年（三十九歳）

其角《きかく》は〈草の戸に我は蓼《たで》くふ蛍かな〉と詠んだが、私は世の常の人のごとく、朝は早く起きて、早朝の朝顔の花に向かって飯をくう、平凡な男である。季語は、朝顔（秋）。「角が蓼蛍の句に和す」と前書きがある。一見平凡な句だが、其角との唱和応酬のなかに、芭蕉のすがすがしい草庵生活が匂《にお》い出してくる。

世《よ》にふるもさらに宗祇《そうぎ》のやどりかな

天和二年

こうして世の中に生き永らえているが、あの宗祇が「時雨《しぐれ》待つ間の一宿り」と詠んだように、人生はまったくはかないものなのだ。

季語は、宗祇の句〈世にふるもさらに時雨のやどりかな〉にある時雨（冬）が隠されているとみる。連歌の発句から一語置換して、みごとに俳諧化。前書きに「手づから雨のわび笠をはりて」。

馬《うま》ぼく〳〵我《われ》を絵《ゑ》に見《み》る夏《なつ》野《の》かな

天和三年（四十歳）

夏の太陽を遮《さえぎ》るもののない野中、のろのろ歩く馬とその背にぎこちなく乗るわが身は、ともに絵に見るように滑稽《こっけい》な姿だ。

季語は、夏野（夏）。深川の芭蕉庵を大火で焼け出され、甲斐《かい》に滞在していた折の句。馬上の自分を画中の人物として客観化し、夏の旅の苦しさを打ち返して興じる姿勢がみえる。

ほとゝぎす今《いま》は俳《はい》諧《かい》師《し》なき世《よ》かな

天和年中

ほととぎすが鳴き過ぎて行く。詩歌の伝統的な題材であるほととぎすだが、今はそれを詠みこなす真の俳諧師がいなくなってしまった。

季語は、ほととぎす（夏）。世の俳諧師をさげすむ意味ではなく、ほととぎすの趣深いことを強調し、真の俳諧を追求する気持ちを述べたのであろう。

貞享年間（四十一歳—四十四歳）

奈《な》良《ら》七《な、》重《へ》七《しち》堂《だう》伽《が》藍《らん》八《や》重《へ》桜《ざくら》

貞享元年（四十一歳）

ここ奈良は七堂伽藍が建ち並んで、昔から歌に詠まれてきた八重桜も美しい場所だ。

季語は、八重桜（春）。なら―なな―えと頭韻を踏み、それを七、八と数字で受けたところがリズミカルで親しみやすい。体言だけで作られ技巧的。制作年代の確証はないが、『蕉翁句集』等に従い、この年としておく。

野《の》ざらしを心《こころ》に風《かぜ》のしむ身《み》かな

貞享元年

長旅に立とうとするいま、旅路の果てに行き倒れ白骨となって横たわる自分の姿を心に思い浮かべ、覚悟するのだが、秋風はことさらしみじみと身に沁《し》みることだ。

季語は、しむ身（身に入《し》む・秋）。『野ざらし紀行』の第一句で、この旅にかける決意のなみなみならぬことを表明している。

猿《さる》を聞《き》く人《ひと》捨《す》て子《ご》に秋《あき》の風《かぜ》いかに

貞享元年

猿声を聞き涙する風流人よ、この秋風に吹きさらされている捨て子の泣き声を何と聞くのか。

季語は、秋の風（秋）。風流めいた猿声の哀れさよりも、捨て子の泣き声の方が切実なのだと、芭蕉は断腸の思いを訴えている。虚構であると排する評もあったが、不易《ふえき》の真実は否定できないであろう。七・七・五の字余り。

道《みち》のべの木槿《むくげ》は馬《うま》に食《く》はれけり

貞享元年

馬に乗って旅をしていると、道端に咲いていた木槿の花があっと思う間もなく、眼の前で馬に食われてしまった。

季語は、木槿（秋）。「馬上吟」と前書き。この時代の作品にしては、巧まず自然な句姿であり、当時から蕉風開眼の作との評価もある。眼前体の即興句の面白さといえよう。

馬《うま》に寝《ね》て残《ざん》夢《む》月《つき》遠《とほ》し茶《ちゃ》の煙《けぶり》

貞享元年

暗いうちから旅立ったので馬上でうとうとし、夢覚めきらぬありさまだったが、ふと気がつくと月が西空遠く傾き、家々からは朝の茶を煮る煙が立ち昇っていることだ。

季語は、月（秋）。小夜の中山での作。杜牧《とぼく》の詩「早行」を典拠にしたもので、推敲《すいこう》を重ねて俳諧化された。

芋《いも》洗《あら》ふ女《をんな》西《さい》行《ぎやう》ならば歌《うた》よまむ

貞享元年

伊勢の西行谷の麓《ふもと》を通りかかると、女が里芋を洗っている。こんな時、西行ならば伝説にあるようにきっと歌を詠みかけるであろう。

季語は、芋（秋）。『新古今和歌集』にある江口《えぐち》（大阪市東淀川区の地名）の遊女と西行の歌のやり取りが、謡曲「江口」や芭蕉の愛読書『撰集抄』などに再話されていて有名であった。

砧打《きぬたう》ちて我《われ》に聞《き》かせよや坊《ばう》が妻《つま》

貞享元年

宿坊に一夜を借りたが、寂寥感は堪えがたいものがある。坊の妻よ、どうか和歌に有名なあの砧《きぬた》を打って旅情を慰めて欲しい。

季語は、砧（秋）。「ある坊に一夜を借りて」の前書きがある。宿坊の主は半僧半俗の妻帯者。字余りだが、「や」があることで響きあう面白さは捨てがたい。

秋《あき》風《かぜ》や藪《やぶ》も畠《はたけ》も不《ふ》破《は》の関《せき》

貞享元年

この荒れ果てた藪も畠も、かつては厳重に守られていた不破の関の跡だという。いまはただ、秋風が寂しく吹き抜けるばかりだ。

季語は、秋風（秋）。美濃《みの》の国、不破の関址での句。不破の関は古代の関で、後世その荒廃ゆえに歌枕となった。懐古的感慨を詠むが、現実を確かな目で把握している。

死《し》にもせぬ旅《たび》寝《ね》の果《はて》よ秋《あき》の暮《くれ》

貞享元年

この旅に立つ時は、いつ路傍で死んで野ざらしになってもいいという覚悟でいたが、旅寝を重ねたいま、このように無事ここに身を落ち着けることができた。もう暮秋なのだなあ。

季語は、秋の暮（秋）。初秋に江戸を出発し、暮秋に大垣の木因《ぼくいん》亭に草鞋《わらじ》を解いたのである。『野ざらし紀行』の前半は、この句で終わる。

馬《うま》をさへながむる雪《ゆき》の朝《あした》かな

貞享元年

一面に雪の降り積もった朝は、旅人の孤影が趣深く感じられるのはむろんのこと、馬さえもあわれでつくづくと見つめてしまうことだ。

季語は、雪（冬）。昨夜来の雪が降り止んだ朝、普段は気にもしない馬に心を奪われた驚きを詠む。実感を基調としており、心惹《ひ》かれる句である。

狂句《きやうく》木枯《こがらし》の身《み》は竹斎《ちくさい》に似《に》たるかな

貞享元年

仮名草子の主人公竹斎は、この名古屋で狂歌を詠んだが、私は狂句を詠もう。木枯に吹かれ、うらぶれた姿でたどり着いたこの身は、かの竹斎にいかにも似ていることだ。

季語は、木枯（冬）。「狂句」は、はじめ句中の語として記されている。弊《へい》衣《い》破《は》帽《ぼう》で風狂に興じる芭蕉の心は軽く弾んでいる。

草《くさ》枕《まくら》犬《いぬ》も時《し》雨《ぐる》ゝか夜《よる》の声《こゑ》

貞享元年

旅の宿に聞こえてくる犬の遠《とお》吠《ぼ》え。犬もこの時雨《しぐれ》の寂しさに堪えかねて、悲しい泣き声をあげているのか。

季語は、しぐれ（冬）。「犬も時雨ゝか」には、私同様、犬もまた時雨に濡《ぬ》れているかというだけではなく、悲しがり、寂しがっているのかという意味が含まれている。

海《うみ》暮《く》れて鴨《かも》の声《こゑ》ほのかに白《しろ》し

貞享元年

海面はしだいに暮れ、そこから聞こえてくる鴨の声は、色にたとえるならほのかに白いという感じである。

季語は、鴨（冬）。鴨の声を白いとする特異な表現は、夕闇《ゆうやみ》を媒介として、聴覚を視覚に転じたもの。見えない鴨の姿を夕闇に浮かばせて、冬の旅の寂寥感を増すことに成功している。五・五・七の破調。

年《とし》暮《く》れぬ笠《かさ》きて草鞋《わらぢ》はきながら

貞享元年

笠をかぶり草鞋をはいた旅姿のまま、今年も暮れていくことである。

季語は、年暮る（冬）。旅中に年の暮れを迎えた感慨を、軽く戯れる気持ちをこめて表白したもの。十二月二十五日、芭蕉は「野ざらし」の旅の途中、伊賀上野に帰郷して越年している。芭蕉にとっては故郷も旅先なのである。

春《はる》なれや名《な》もなき山《やま》の薄《うす》霞《がすみ》

貞享二年（四十二歳）

もう春なのだなあ、ふつうなら見過ごしそうな名もない山に薄く霞がかかった風情が、こんなに素晴らしいなんて。

季語は、霞（春）。「奈良に出づる道のほど」の前書きがある。伊賀から奈良へ行く途中の句。香具山など、古来歌に詠まれる名山ではなく、名もなき山を詠み出したのが芭蕉の俳諧である。

水《みづ》取《と》りや氷《こほり》の僧《そう》の沓《くつ》の音《おと》

貞享二年

奈良では二月堂のお水取りの行事を見た。僧たちが深夜の回廊を駆け巡る沓の音が、氷りつくような夜気をついて響き渡り、その真摯《しんし》な姿も緊張感から氷のように冷たく見えることだ。

季語は、水取り（春）。関西では、お水取りが終わらないと春が来ないという。「氷の僧」が特殊な表現なので、右のように解釈した。

梅《うめ》白《しろ》し昨日《きのふ》や鶴《つる》を盗《ぬす》まれし

貞享二年

　梅林の梅が白く咲き、かの林和靖《りんなせい》の隠棲所《いんせいじょ》を思わせる結構なお住居だが、例の鶴が見えないのは昨日あたり盗まれたということでしょうか。

季語は、梅（春）。『野ざらし紀行』にある前書きは「京に上りて、三井秋風が鳴滝の山家を訪ふ」で、秋風に対する挨拶《あいさつ》の句。宋の隠士である林和靖は梅と鶴を愛した。

辛《から》崎《さき》の松《まつ》は花《はな》より朧《おぼろ》にて

貞享二年

朧といえば桜だが、有名な唐崎《からさき》の松は、煙雨のなかおぼろにけむって、山桜よりもかえって面白い。

季語は、朧（春）。琵琶湖のほとりの唐崎の松は歌枕。句に切れ字がなく、「にて」という破格の「止め」についての議論に、芭蕉は「角・来（其角と去来）が弁《たく》みな理屈なり」「只《ただ》眼前なるは」といったという。

命《いのち》二《ふた》つの中《なか》に生《い》きたる桜《さくら》かな

貞享二年

二十年ぶりに、はからずも出会うことができ、懐旧の情に思わず手を取り合う旧友二人の間に、桜が生き生きと咲き誇っている。

季語は、桜(春)。芭蕉が伊賀を離れたころ、同郷の後輩である土芳《とほう》は十代の少年で、二つの命が二十年を経て再会を果たし得た喜びを感動的に詠む。字余りの「の」が、句を一体化させる役割を果たしている。

山《やま》路《ぢ》来《き》て何《なに》やらゆかしすみれ草《ぐさ》

貞享二年

山路をたどっていると、菫《すみれ》の花が可憐《かれん》にひっそりと咲いているのが目にとまり、なんとはなしに心惹《ひ》かれることである。

季語は、すみれ草（春）。「大津に至る道、山路を越えて」と前書きがある。野に咲く菫を詠むのが和歌の常道であり、それを山路に咲くと詠んだのが俳諧である。

いざともに穂《ほ》麦《むぎ》喰《くら》はん草《くさ》枕《まくら》

貞享二年

漂泊の旅であるから、穂麦を食うような辛《つら》い目に遭うかもしれないが、乏しさに耐えて、さあ、ともに旅を続けよう。

季語は、穂麦（夏）。旅の途中で道連れになった僧に呼びかけた句で、この僧とは尾張《おわり》まで行を共にした。実際の旅ではそれほど困窮したわけではなく、当季の景物「穂麦」をあしらって興じたもの。

行《ゆ》く駒《こま》の麦《むぎ》に慰《なぐさ》むやどりかな

貞享二年

旅行く馬がおいしい麦の飼葉《かいば》で疲れをとるように、私はこちらのお宅のおもてなしに、心から旅の辛さを慰められました。

季語は、麦（夏）。『野ざらし紀行』の旅の帰途、甲斐の国を通り、知人の家に泊めてもらった時の句であろう。古来、駒は甲斐の国の名産で、これをいうことが主への挨拶となる。

山《やま》賤《がつ》のおとがひ閉《と》づる葎《むぐら》かな

貞享二年

葎の生い茂る山中で出会った山人は、話しかけても、むんずと口を閉じたまま何もいわない。

季語は、葎（夏）。「甲斐山中」の前書きがある。「山賤」は山仕事を生業《なりわい》とする人。「おとがひ」は下あご。都人と違う無愛想さが質実剛健に映り、句に力強さが生まれた。

夏《なつ》衣《ごろも》いまだ虱《しらみ》を取《と》り尽《つ》くさず

貞享二年

旅を終えて庵に帰ってきたが、旅中に着ていた夏用の着衣も脱いだままで、虱をとるなどの始末もせず、ぼんやりと旅の疲れを癒《いや》している。

季語は、夏衣（夏）。虱を出すことで、安らぎの気分と虚脱感がうまく表現された句。『野ざらし紀行』の旅は八か月に及んだ。この旅の後半に芭蕉は蕉風を開眼したといわれる。

木《こ》枯《がらし》や竹《たけ》に隠《かく》れてしづまりぬ

貞享二年

木枯が吹き荒れていたが、竹林に吹き籠《こも》ってしまい、今は厳しい寒さのなか静まりかえっている。

季語は、木枯（冬）。「竹画賛」と前書きがある。厳しい寒さの中に静まり返った竹林が描かれていたのであろうか、その蕭条《しょうじょう》たる気韻から木枯を導き出した詩人の慧眼《けいがん》に脱帽する。

よく見《み》れば薺花《なづなはな》咲《さ》く垣根《かきね》かな

貞享三年（四十三歳）

薺の花は目立たないものであるが、よくよく見ると我が草庵《そうあん》の垣根にも薺がひっそりと可憐な花をつけていることよ。

季語は、薺（春）。芭蕉庵での日常を詠んだ句であるが、瑣末《さまつ》的なものの発見に、しばらく日常から解放される喜びが感じとれる。

古《ふる》池《いけ》や蛙《かはづ》飛《と》びこむ水《みづ》の音《おと》

貞享三年

古い池があり、あたりはひっそりと静まりかえっている。蛙《かえる》が一匹池に飛び込んだが、すぐにまた元の静けさが戻った。

季語は、蛙(春)。古池は閑寂を表す。古来、鳴き声を賞されるものであった蛙に、まったく別の視点をあててささやかな苦笑を誘い、確固たる文学史上の地位を得た、芭蕉の代表作である。

名月《めいげつ》や池《いけ》をめぐりて夜《よ》もすがら

貞享三年

名月を賞するあまり、つい興にのって一晩じゅう池のあたりを巡り歩いたことだ。

季語は、名月（秋）。芭蕉庵の月を見ようと、門弟たちが隅田川を舟でやってきた時の作。夜を徹して月をめでることは、風雅人には珍しくないことであった。池は「蛙」の句にある芭蕉庵のかたわらの池である。

初《はつ》雪《ゆき》や水《すい》仙《せん》の葉《は》のたはむまで

貞享三年

心待ちにしていた初雪だ。水仙の葉がしなやかにたわむまで、ほんの少し降り積もったよ。

季語は、初雪（冬）。しなやかな葉にうっすらと初雪を載せた重さの感覚が、句の主眼であり、降り過ぎてもいけない初雪と、ほどよくたわむ水仙の葉の本意《ほんい》が、二つともに生かされている。

君《きみ》火《ひ》を焚《た》けよきもの見《み》せむ雪《ゆき》まるげ

貞享三年

この寒い日によくまあ訪ねて来てくれた。君は火をどんどん焚いて暖まっていてくれ。私はいいものを作って見せよう。雪だるまをね。

季語は、雪まるげ（冬）で、雪だるまのこと。「君」とは後に『おくのほそ道』の旅に同行する曾良《そら》である。雪の中、友が来訪してくれたことを心から喜ぶ気持ちが、はずんだ口調に表れている。

酒《さけ》飲《の》めばいとゞ寝《ね》られぬ夜《よる》の雪《ゆき》

貞享三年

音もなく降る夜の雪を眺めていると、庵に一人住む身の寂寥感に堪えられなくなる。寂しさをまぎらわそうと酒を飲めば、ますます頭が冴《さ》えて眠れなくなるのだ。

季語は、雪（冬）。「深川雪夜」の前書きがある。この句の眼目は「夜の雪」で、ひっそりした真夜中の感じがよく伝わってくる。

花《はな》の雲《くも》鐘《かね》は上《うへ》野《の》か浅《あさ》草《くさ》か

貞享四年（四十四歳）

雲かと見まがうほど、見事に咲いた桜の花を遠くに見ていると、その花の間から寺の鐘が鳴り響く。あれは上野の鐘だろうか、浅草の鐘だろうか。

季語は、花の雲（春）。前書きは「草庵」。深川の草庵に座ったままで花見の雑踏を思いやるところに、江戸の春の物憂い情趣が漂う。「花の雲」がこの句の眼目である。

髪《かみ》生《は》えて容《よう》顔《がん》蒼《あを》し五《さ》月《つき》雨《あめ》

貞享四年

五月雨に降り込められて家にばかりいると、頭もつい剃《そ》らないままで髪が生えてきてしまう。鏡に映る自分の顔も、心なしか蒼白《そうはく》で凄《すご》みがあることだ。季語は、五月雨（夏）。前書きに「自詠」とあり、自画像ならぬ自詠句である。鬱陶《うっとう》しい梅雨の季節、庭の青葉を映発して、いっそう顔色が青く見えるのだろう。

五月雨《さみだれ》に鳰《にほ》の浮《う》き巣《す》を見《み》に行《ゆ》かむ

貞享四年

水かさの増す五月雨の季節に、鳰の海といわれる琵琶《びわ》湖へ、珍しい鳰の浮き巣を見に出かけるつもりだ。

季語は、五月雨（夏）。浮巣《うきす》は後世の季語。鳰はかいつぶりの異称で、水生植物の茎を支柱にして葦《あし》などで逆円錐《えんすい》形に作ったその巣は、水上に浮いて、水の増減に従って上下する。はずんだ口調で、風狂を楽しむ心境。

蓑《みの》虫《むし》の音《ね》を聞《き》きに来《こ》よ草《くさ》の庵《いほ》

貞享四年

秋風の中で蓑虫が、ちちよちちよと鳴く、そのかすかな声を聞きに、閑静なこの草庵へ一度おでかけください。

季語は、蓑虫鳴く（秋）。蓑虫は鳴かないが、『枕草子』以来、秋風が吹くと鳴くとされる。そのあるかなきかの声が聞こえるほどの閑《しず》かさであると、伊賀の土芳《とほう》の庵を誉《ほ》める。蓑虫庵の名の由来となった句。

旅人《たびびと》と我《わ》が名《な》呼《よ》ばれん初《はつ》しぐれ

貞享四年

折から初時雨《はつしぐれ》が降り始めたこの冬の季節に、行方定めぬ旅に出ようとしている私は、西行や宗祇《そうぎ》のように、風雅の旅人と呼ばれる境涯に身を置きたいものだ。

季語は、初時雨（冬）。帰郷の旅を前にして詠んだ発句。前回の旅に比べ、心の余裕が感じられる。紀行文『笈《おい》の小文』の冒頭句である。

冬《ふゆ》の日《ひ》や馬《ば》上《じやう》に氷《こほ》る影《かげ》法《ぼふ》師《し》

貞享四年

鈍い冬の日ざしのもと、身もすくむような寒さに、馬上に凍りついた影法師のような自分がいることだ。

季語は、冬の日（冬）で、冬の薄日のこと。「馬上に氷る影法師」は、馬とともに一つに凍りついた芭蕉自身の姿を客観視したものであろう。句が詠まれた愛知県渥美《あつみ》半島の天津《あまつ》縄手《なわて》は、海からの寒風で有名な所。

鷹《たか》一《ひと》つ見《み》付《つ》けてうれし伊《い》良《ら》古《ご》崎《ざき》

貞享四年

鷹の渡りの名所である伊良古崎で、私も渡りの時期にやや遅れていたのに鷹を一羽見つけることができ、ほんとうにうれしい。

季語は、鷹（冬）。芭蕉は門弟の越人《えつじん》とともに愛弟子《まなでし》杜国《とこく》の蟄居《ちっきょ》先を訪問し、三人そろって、西行の鷹の歌にちなむ伊良古崎に遊んだ。西行は芭蕉のもっとも敬愛する先人である。

いざさらば雪見《ゆきみ》にころぶ所《ところ》まで

貞享四年

さあ出かけよう、積もった雪に興じて雪見に。雪に足をとられて転んだらそこで引き返すことにして。

季語は、雪見(冬)。名古屋の書肆《しょし》風月堂の主人、長谷川孫助《まごすけ》(号・夕道《せきどう》)に招かれた折の句である。雪見に浮き立った気持ちをそのまま口調に表現して、主《あるじ》への挨拶とした。

旅《たび》寝《ね》してみしやうき世《よ》の煤《すす》払《はら》ひ

貞享四年

旅寝を続けているうちに、世間は早くも年の暮れとなったのか、あちこちで忙しそうに煤払いをする光景が見られることよ。

季語は、煤払ひ（冬）。漂泊の旅を続ける身なので、世間の行事をよそに見て過ごすことができる。その気楽さを詠んだ。師走十日過ぎに名古屋を発ち、郷里に向かう途中での作。煤払いは十三日の行事。

旧里《ふるさと》や臍《へそ》の緒《を》に泣《な》く年《とし》の暮《くれ》

貞享四年

年の暮れに郷里へ帰ったが、自分の臍の緒を見せられて、亡き父母のことが思い出され、思わず泣いてしまった。

季語は、年の暮（冬）。伊賀上野赤坂にある兄、半左衛門の家での作。初老を過ぎて、年々強くなる旧里や血のつながりへの思いを単純直截《ちょくせつ》に述べ、力強い句となっている。

元禄元年―二年（四十五歳―四十六歳）

春《はる》立《た》ちてまだ九日《ここのか》の野《の》山《やま》かな

元禄元年（四十五歳）

春（新年）になって九日しか経《た》っていない。野山の色にもまだまだ冬の名残があって、わずかに春の兆しが見られるだけだ。

季語は、春立つ（春）。「初春」の前書きがあり、正月九日の作。「春立つ」はふつう立春のことをいうが、元日をいう場合もあり得る。伊賀上野の藩士である風麦《ふうばく》亭に招かれての作。

枯《かれ》芝《しば》やや丶かげろふの一《いち》二《に》寸《すん》

元禄元年

芝は冬枯れのままだが光はもう春で、かすかな陽炎《かげろう》が一、二寸ばかりその上に立ち昇っていることだ。

季語は、陽炎《かげろう》（春）。紀行文『笈《おい》の小文』には、「春立ちて」の句に続いて出る。まだ枯れたままの芝の上にゆらぐ、微妙な早春の息吹を敏感に感じとった。「やや」はようやく、少しばかりの意。

丈《ぢやう》六《ろく》に陽《かげ》炎《ろふ》高《たか》し石《いし》の上《うへ》

元禄元年

丈六の本尊もいまは土に埋もれて石の台の上にはなく、むなしく陽炎のみが高々と立ち昇っていることだ。

季語は、陽炎（春）。伊賀の新大仏寺（俊乗《しゅんじょう》坊重《ぼうちょう》源《げん》の開基という）を訪れた折の作。丈六（約五メートル弱）の大仏を本尊としたが、五十年ばかり前に嵐《あらし》で山が崩れて寺院もろとも壊れ、仏頭のみ発掘されていた。

何《なん》の木《き》の花《はな》とは知《し》らず匂《にほ》ひかな

元禄元年

この神前にぬかずくと、何という木の花かは知らないが、いいようもなく尊い匂いが漂ってきて、涙がこぼれるほどかたじけない思いがするよ。

季語は、花（春）。伊勢神宮に参拝した折の作。西行の「何事のおはしますかは知らねどもかたじけなさに涙こぼるる」をふまえ、神々しい雰囲気を花の匂いに象徴させた。

此《こ》の山《やま》のかなしさ告《つ》げよ野老《ところ》掘《ほり》

元禄元年

この山は昔大伽藍《がらん》を誇ったというが、いまは往時をしのぶよすがもない。野老を掘る里人よ、その悲しい歴史を話し聞かせてほしい。

季語は、野老掘（春）。菩提《ぼだい》山神宮寺の跡での作。野老はヤマイモ科の植物で、たくさんの長い細根があり、老人の髭《ひげ》を思わせるので野老と書くという。土中に長期間置くほど大きくなることから、長寿を連想させる植物。

さまぐの事《こと》思《おも》ひ出《だ》す桜《さくら》かな

元禄元年

故郷の旧主家に招かれ、その邸の花見の席にいると、若い日のことをさまざま思い出し、まさに感慨無量であることよ。

季語は、桜（春）。芭蕉は若き日、藤堂新七郎《とうどうしんしちろう》家の若君である蟬吟《せんぎん》公に仕え、ともに俳諧の道に学んだのであったが、主人の夭折《ようせつ》以後、波瀾《はらん》の道のりを歩み、今や俳諧の宗匠としてその子息と交歓するのである。

雲雀《ひばり》より空《そら》にやすらふ峠《たうげ》かな

元禄元年

峠の上で休んでいると、雲雀の鳴き声が下に聞こえる。いつも高く飛ぶ雲雀より自分のほうが高いところに来ているのだなあ。

季語は、雲雀（春）。「臍《ほぞ》峠　多武峰《とうのみね》より龍門へ越す道なり」の前書きがある。実景に即しての作であろう。かすかな驚きと無邪気な喜びが感じられる。

なお、中七「空に」を「上に」とする所伝もある。

ほろ〳〵と山吹《やまぶき》散《ち》るか滝《たき》の音《おと》

元禄元年

滝がごうごうと音を響かせて流れ落ち、岸辺に可憐に咲いた山吹の花が、まるで滝の音に驚くように次々とこぼれ落ちることだ。

季語は、山吹（春）。「西河《にじかう》」の前書きがあり、吉野川の激湍《げきたん》での作。吉野川に岸辺の山吹を詠むのは歌人の常套《じょうとう》であったが、歌に詠まれた長閑《のどか》な風情の山吹を、激湍に配したのが手柄である。

さびしさや華《はな》のあたりのあすならふ

元禄元年

爛漫《らんまん》と咲く花のあたりに、常緑の翌檜《あすなろ》の木が明日こそはとけなげに生い立つ。その姿に、ふと淋しさを感じることだ。

季語は、華つまり花（春）。翌檜はヒノキ科の常緑高木で、明日は檜《ひのき》になろうという意味の名。古典の世界では、ぱっとしない存在を「花の辺りの深山木」などと蔑《さげす》んでいうが、それを俳諧化した作品である。

猶《なほ》見《み》たし花《はな》に明《あ》け行《ゆ》く神《かみ》の顔《かほ》

元禄元年

葛城《かつらぎ》の神よ。曙の光に花が咲き匂ういま、隠されたその尊いお顔を拝見したいものだ。

季語は、花（春）。役行者《えんのぎょうじゃ》が葛城山と吉野山の間に岩橋をかける時、葛城山の一言主神《ひとことぬしのかみ》も手を貸したが、醜い容貌《ようぼう》を恥じて夜明けになると姿を隠したという伝説がある。花が太陽の下に現れると神が消えることを惜しんで詠んだ。

父《ち》、母《は》、のしきりに恋《こ》ひし雉《きじ》の声《こゑ》

元禄元年

高野山に登って雉の鳴き声を聞くと、しきりに父母のことが恋しく思われる。

季語は、雉（春）。前書き「高野山」。高野山には芭蕉の先祖の鬢髪《びんぱつ》や故主蟬吟《せんぎん》の遺骨が納められている。僧行基が高野山で詠んだという「山鳥のほろほろと鳴く声聞けば父かとぞ思ふ母かとぞ思ふ」をふまえている。

一《ひと》つ脱《ぬ》いで後《うしろ》に負《お》ひぬ衣《ころも》がへ

元禄元年

今日は四月一日の更衣《ころもがえ》の行事がある日だ。旅中の私は、上に着た一枚を脱いで背中に背負うという簡単なことで済ませたよ。

季語は、更衣（夏）。宮中では更衣の節会《せちえ》の日、民間でも綿入れから給《あわせ》に替わる日である。旅中の無造作な行為に、おかしみとウィットとがある。

灌仏《くわんぶつ》の日《ひ》に生《う》まれ逢《あ》ふ鹿《か》の子《こ》かな

元禄元年

今日は灌仏の日だが、さすがここ奈良では、釈尊と同じこの日に生まれる仏縁深い鹿《しか》の子もいることよ。

季語は、灌仏（夏）。「奈良にて」と前書き。鹿の子も夏だが、仏縁を賞《め》でる句であることから季語は灌仏である。灌仏は、釈尊の誕生日で四月八日。花祭《はなまつり》とも称し、寺々で行事が行われる。

若葉《わかば》して御目《おんめ》の雫《しづく》拭《ぬぐ》はゞや

元禄元年

折しもみずみずしい若葉に満ちた初夏である。この柔らかな若葉で、鑑真《がんじん》和尚のめしいた御目をぬぐってさしあげたい。

季語は、若葉（夏）。唐招提寺《とうしょうだいじ》で鑑真和尚の尊像を拝しての作。「若葉して」は若葉でもってという意である。来朝の際さまざまな苦難に遭った末に盲目となった鑑真の悲しみを思いやったもの。

草《くた》臥《び》れて宿《やど》借《か》る比《ころ》や藤《ふじ》の花《はな》

元禄元年

くたびれてようやく宿にたどりつくと、けだるいように垂れ下がった藤の花が夕闇に咲いているのが目に映った。

季語は、藤の花（春）。初案は〈ほとゝぎす宿かる比の藤の花〉と夏の句であった。藤の花は「おぼつかなきさま」をしていて春愁を感じさせるものであり、私は草臥れて旅愁の中にあるのだという。

かたつぶり角《つの》ふりわけよ須《す》磨《ま》明《あ》石《かし》

元禄元年

蝸牛《かたつむり》よ、「這《は》ひ渡るほど」に接近した須磨と明石を、ここまでが須磨でここからが明石だと角で振り分け示してほしい。

季語は、かたつぶり（夏）。『源氏物語』に「明石の浦はただ這ひ渡るほどなれば」とあることから、蝸牛をイメージし、両方の美しい景色を指し示してくれよと呼びかけたものであろう。

蛸《たこ》壺《つぼ》やはかなき夢《ゆめ》を夏《なつ》の月《つき》

元禄元年

短い夏の夜が明けるとすぐに引き上げられることも知らず、蛸は海底の壺の中ではかない夢を見ている。その上では夏の月が海面をきれいに照らしている。

季語は、夏の月（夏）。明けやすい夏の夜の、はかない蛸の命を思いやったもの。束《つか》の間の夢を見る蛸と、短夜の夏の月が結びつき、はかなさとおかしみが醸し出される。

此《こ》のあたり目《め》に見《み》ゆるものは皆《みな》涼《すず》し

元禄元年

このみごとな水楼に立って、あたりの景観を見まわすと、目に映るものはみな涼しげに見えることだ。

季語は、涼し（夏）。長良《なが ら》川《がわ》に臨む水楼の主加嶋氏に招かれて一日を過ごし、「十八楼ノ記」をものした。その最後に記された句で、眺望を称《たた》えて主人に挨拶したもの。「涼し」には賞美の意味がある。

おもしろうてやがて悲《かな》しき鵜《う》舟《ぶね》かな

元禄元年

篝火《かがりび》が盛んに燃え、鵜が勢い立って活躍するのが面白くて、夢中になって見ているが、しまいには酒の酔いもさめて、鵜のいとなみのあわれさが身に沁み、物悲しくなる鵜舟遊びよ。

季語は、鵜舟（夏）。「岐阜にて」と前書き。謡曲「鵜飼《うかい》」を下敷きにしている。面白さから悲しさへの急変が共感を呼ぶ名吟である。

無《な》き人《ひと》の小《こ》袖《そで》も今《いま》や土《ど》用《よう》干《ぼし》

元禄元年

土用干の季節だが、あなたは亡き妹御《いもうとご》の小袖もいっしょに土用干していて、ひとしお感慨に堪えぬものがありましょう。

季語は、土用干（夏）。土用干は雑事にまぎれて忘れかかったことどもを明るみに出し、あれこれ思い出させてしまうものであり、その人情の機微を詠む。「無き人」は去来《きょらい》の妹、千子《ちね》のこと。

初《はつ》秋《あき》や海《うみ》も青《あを》田《た》の一《ひと》みどり

元禄元年

初秋の爽快《そうかい》な大気の中、稲の伸び揃《そろ》った青田が一望のうちに見え、さらに真っ青な海へそのまま続くとは、なんともみごとな眺めである。

季語は、初秋（秋）。「鳴海《なるみ》眺望」と前書き。鳴海の児玉重辰《こだまじゆうしん》亭での発句で、鳴海の大景を賞賛する挨拶句である。天高く澄みわたった大気の肌触りを感じさせる。

送《おく》られつ送《おく》りつ果《は》ては木《き》曾《そ》の秋《あき》

元禄元年

江戸を発ってから、あるいは人に送られあるいは人を送りながら、果てはあの木曾という土地の秋にめぐり合うことだ。

季語は、秋（秋）。江戸を発って以来の長旅に思いを馳《は》せ、旅の果てとなる木曾の淋しさに、秋のあわれを味わうだろうというのである。美濃の人々への留別《りゅうべつ》吟で、挨拶の意を含む。

草《くさ》いろ〳〵おの〳〵花《はな》の手《て》柄《がら》かな

元禄元年

いろいろの草があり、おのおの自分自身の花を咲かせ妍《けん》を競っている。そして皆それぞれの趣があるところが、草の手柄である。

季語は、草の花（秋）。前頁の〈送られつ〉の句と同様、留別吟である。時節柄の草花を詠みながら、集まってくれた人々それぞれの人柄を誉めた挨拶の意がこめられている。

身《み》にしみて大《だい》根《こん》からし秋《あき》の風《かぜ》

元禄元年

大根を口にすると、身に沁みるような辛《から》さである。折からの冷え冷え吹く秋風に、ひとしお旅情を深くすることだ。

季語は、秋の風（秋）。八月十五夜の月を姨捨《うばすて》山に賞したあと、まだ信州にあった時の作。大根の格別の辛さに木曾街道の風土を表現する。大根だけではなく、秋風、人生、旅情もまた身に沁みるのである。

吹《ふ》き飛《と》ばす石《いし》は浅《あさ》間《ま》の野《の》分《わき》かな

元禄元年

浅間の麓《ふもと》の野分は石を吹き飛ばすような勢いである。季語は、野分（秋）。小諸《こもろ》か軽井沢あたりの句であろう。岩肌を剝《む》き出しにした火山の姿を彷彿《ほうふつ》とさせるものがある。倒置法を用いることで、石を吹き動かす浅間の野分の激しさを表現することができた。なお、初案は〈秋風や石吹き颪《おろ》す浅間山〉。

冬《ふゆ》籠《ごも》りまたよりそはんこの柱《はしら》

元禄元年

今年はこの庵に冬籠りすることになったが、寄り慣れたこの柱にまた寄り添って、静かに一冬を過ごそう。

季語は、冬籠（冬）。十か月に及ぶ上方《かみがた》への旅を終えて、住み慣れた深川の芭蕉庵へ帰着した安心感が読み取れる。白楽天《はくらくてん》「閑居賦」の「閑居《ま》して復たこの柱に倚《よ》る」にも通じる発想。

物《もの》言《い》へば唇《くちびる》寒《さむ》し秋《あき》の風《かぜ》

貞享・元禄年中

話に興が乗り、ついあれこれといわずもがなのことを言ってしまった。今となってはむなしく、しらじらしいばかりで、秋風の冷気が唇に沁みて寒い。

季語は、秋の風（秋）。感覚的な季節感をもとにして、人生的感懐を述べたもの。「座右之《の》銘。人の短をいふ事なかれ。己が長をとく事なかれ」の前書きがある。

元日《ぐわんじつ》は田《た》毎《ごと》の日《ひ》こそ恋《こひ》しけれ

元禄二年（四十六歳）

更科《さらしな》で、秋にはあの田毎の月を見たが、元日の今は田毎の初日が見たいと、あの旅を恋しく思い出している。

季語は、元日（春）。なお旅心が持続し揺曳《ようえい》しているさまがうかがえる。この年三月「そぞろ神のものにつきて」、奥羽行脚《あんぎや》の『おくのほそ道』の旅に出発することとなる。

紅《こう》梅《ばい》や見《み》ぬ恋《こひ》つくる玉《たま》すだれ

元禄二年

紅梅にひかれて近寄った家には、美しい簾《すだれ》がかかり、中に佳人が奥ゆかしく住んでいそうなたたずまいである。その見えない主に恋心が募《つの》ってくることだ。

季語は、紅梅（春）。平安朝風の「見ぬ恋」を物語風に作ってみたもの。虚構の恋で内面的な迫力に欠けるが、芭蕉の一面を表しているといえよう。

草《くさ》の戸《と》も住《す》み替《かは》る代《よ》ぞ雛《ひな》の家《いへ》

元禄二年

住みなれた芭蕉庵を人に譲ることになった。こんな草庵でも、流転の世の例に漏れず主が住み替わるときが来るのだ。新しい主は所帯持ちであるから、折からの桃の節句に雛人形が飾られるような華やいだ家となるだろう。

季語は、雛（春）。奥羽行脚に旅立つにあたって、まず庵を処分した感慨を詠んだもの。

行《ゆ》く春《はる》や鳥《とり》啼《な》き魚《うを》の目《め》は泪《なみだ》

元禄二年

春もすでに行かんとするいま、それを惜しむかのように心無き空の鳥ももの悲しく啼き、水中の魚の見開いた目は涙で潤んでいるように見える。季語は、行く春（春）。『おくのほそ道』旅立ちの際の、門人知友との惜別の情がこめられている。漢詩や和歌の惜春離別の伝統をふまえ、格調が高い。

あらたふと青葉《あをば》若葉《わかば》の日《ひ》の光《ひかり》

元禄二年

青葉若葉に日がさんさんと照り輝いて、この日光山の尊さが身に沁みて感じられることよ。

季語は、若葉（夏）。日光東照宮での作。初案では中七が大きく違い「木の下闇も」となっていた。このように初夏の陽光の荘厳なきらめきを詠嘆することで、日光の神域への自然な賛美となりえた。

野《の》を横《よこ》に馬牽《うまひ》き向《む》けよほとゝぎす

元禄二年

この広大な那須野を横切って、今ほととぎすが鳴き渡った。馬方よ、馬の向きをそちらに牽き向けておくれ、ぜひその姿を見たいものだ。

季語は、ほととぎす（夏）。馬に乗って殺生石《せっしょうせき》を見物に行くときに、馬の口を取る男に請われて詠み与えたという。命令形の即吟の句で、一気に読み下した勢いがある。

田《た》一《いち》枚《まい》植《う》ゑて立《た》ち去《さ》る柳《やなぎ》かな

元禄二年

西行ゆかりの柳に念願かなって立ち寄った。その下にしばらくたたずんで感慨にふけっていると、早くも早乙女《さおとめ》が田を一枚植え終えた。わたしも心残りだが、立ち去ることにしよう。

季語は、田植（夏）。西行の「道のべに清水流るる柳かげしばしとてこそ立ちどまりつれ」にちなんでいる。

風流《ふうりう》の初《はじ》めや奥《おく》の田《た》植《うゑ》歌《うた》

元禄二年

折しも田植え時でみちのくの田植え歌が聞こえるが、鄙《ひな》びた調子はまことに懐かしい。これこそ奥州路に入って最初に味わう風流であることよ。

季語は、田植歌（夏）。須賀川の等躬《とうきゆう》宅で、白河の関を越えて陸奥《むつ》の国に入った感慨をと求められ、それに応《こた》えた句。等躬方でも田植えの日であり、実景をふまえている。

早苗《さなへ》とる手《て》もとや昔《むかし》しのぶ摺《ず》り

元禄二年

早乙女が早苗を取る手元をみていると、むかし、女たちが文字摺り石を使って布を染めたという手ぶりが偲《しの》ばれる。

季語は、早苗とる（夏）。歌枕の文字摺り石を訪れたところ、無残に転がされた石の姿があるだけで期待を裏切られた。そのあとの作である。現実に返り、しかも懐かしく言い留めたところが芭蕉の俳諧といえよう。

夏《なつ》草《くさ》や兵《つはもの》どもが夢《ゆめ》の跡《あと》

元禄二年

その昔、ここで戦った勇者たちは敗れて花と散り果て、戦に関わった藤原三代の栄華の夢も跡形なく消え、眼前には夏草が勢いよく茂るばかりである。季語は、夏草（夏）。義経《よしつね》主従が戦死した平泉での懐古の詠である。杜甫《とほ》の漢詩句を前文に引く。伝統にのっとった情と眼前の景とが、みごとに昇華して詩となった。

五月雨《さみだれ》の降《ふ》り残《のこ》してや光堂《ひかりだう》

元禄二年

すべてを朽ちさせてしまうという五月雨も、長い年月、ここ光堂だけは降り残してきたのであろうか。今もその名の通り燦然《さんぜん》と光り輝いていることよ。

季語は、五月雨（夏）。初案は〈五月雨や年々降りて五百たび〉。「降《ふ》り」に「経《ふ》り」がかけてあり、幾星霜《いくせいそう》を経て古いながら残っている、という意味も含ませてある。

蚤《のみ》虱《しらみ》馬《うま》の尿《ばり》する枕《まくら》もと

元禄二年

山中のむさくるしい家に泊めてもらったところ、蚤や虱が這いまわり、枕元では馬が尿を放つ音さえして、なかなか寝つけないのだ。

季語は、蚤（夏）。旅の辛《つら》さにもしだいに慣れて、思いがけぬ憂き目にあっても、辛さを超越してそれを楽しむほどの心の余裕が感じられる。自筆本では、尿にバリと振り仮名がある。

涼《すず》しさを我《わ》が宿《やど》にしてねまるなり

元禄二年

涼味をわが宿のものとし、わが家にいるような気楽さで、存分に手足をのばし、くつろいでいることだ。

季語は、涼しさ（夏）。五月中旬、尾花沢の清風《せいふう》亭での作。「ねまる」は出《で》羽《わ》方言で、うちくつろいで座ること。当意即妙の挨拶句である。『おくのほそ道』には〈眉掃《まゆは》きを俤《おもかげ》にして紅《べに》粉の花〉などと並載されている。

閑《しづ》かさや岩《いは》にしみ入《い》る蟬《せみ》の声《こゑ》

元禄二年

全山ひっそりと静まり返ったなか、ただ蟬の鳴き声だけが岩にしみ入っていくように聞こえてくる。

季語は、蟬（夏）。全山岩から成る山に建つ立石寺《りつしやくじ》（山寺）での作。蟬の声が岩にしみ入るとは、静かさがしみ入ること、ひいては自然の寂寥が芭蕉の肺腑《はいふ》にしみ入ることである。『おくのほそ道』中で一、二を争う名吟である。

五月雨《さみだれ》を集《あつ》めて早《はや》し最上川《もがみがは》

元禄二年

山形の山野に降り注いだ五月雨を大きく集めて、ひときわ水量の増した最上川は、すさまじい早さで滔々《とうとう》と流れ下っていくことだ。

季語は、五月雨（夏）。日本三大急流の一つといわれる最上川は、両岸の絶壁に鬱蒼《うっそう》と木々が茂る間を下る。芭蕉も川下りを試み、そこでの感動がこの句を詠ませた。

涼《すず》しさやほの三日月《みかづき》の羽黒山《はぐろやま》

元禄二年

夕闇《ゆうやみ》につつまれた羽黒山では、木々の間からほのかに光を発し始めた三日月が姿をのぞかせ、まことに涼しさを感じさせる霊山である。

季語は、涼しさ（夏）。六月五日、羽黒権現《ごんげん》に詣《もう》で、六日、月山《がっさん》頂上に登る。三日月がほのかにかかる霊山を詠んだもの。「ほの見える」が「三日月」にかけられている。

雲《くも》の峰《みね》幾《いく》つ崩《くづ》れて月《つき》の山《やま》

元禄二年

昼間、炎天に聳《そび》え立っていた雲の峰が、いったい幾つ崩れて幾つ築き上げられ、この月光のもとの神々《こうごう》しい月山《がっさん》になったというのだろうか。

季語は、雲の峰（夏）。出羽《でわ》第一の名山である月山の、雄大な山容への感嘆のことばであり、大国出羽への挨拶の気持ちがこめられている。「月」に「築《つ》き」がかけてあるか。

語《かた》られぬ湯《ゆ》殿《どの》にぬらす袂《たもと》かな

元禄二年

湯殿山は行者の掟《おきて》として、その神秘を他言してはならないのだ。自分も湯殿山に詣でた今、詳しくは何も語ることができず、ただそのありがたさに袂を濡らすばかりである。

明確な季語はないが、「湯殿行《ぎょう》」は当時、夏の季語とされていた。湯殿山は女人禁制で「恋の山」という別名がある。

暑《あつ》き日《ひ》を海《うみ》に入《い》れたり最《も》上《がみ》川《がは》

元禄二年

夏の暑い一日を、この最上川が海に流し入れてしまったので、夕闇があたりを包みはじめたいま、ようやく涼しくなってきた。

季語は、暑き日（夏）。「暑き日」を夏の太陽ととり、夕日が海に沈む実景を詠んだとする見方もあるが、この時代は連歌でも俳諧でも暑い一日と解され、作例もそのようである。

象《きさ》潟《かた》や雨《あめ》に西《せい》施《し》がねぶの花《はな》

元禄二年

象潟は雨に朦朧《もうろう》とけむっていて、湖岸には合歓《ねむ》の花が物憂げに咲いている。その雨の象潟をながめていると、中国の伝説的な美女、西施《せいし》が憂いに沈んでいる姿が目に浮かび、寂しさと悲しみの思いにとらわれる。

季語は、合歓の花（夏）。象潟、雨、西施、合歓の四つのイメージを重ね合わせ、助詞が巧みに生かされている。

荒《あら》海《うみ》や佐《さ》渡《ど》に横《よこ》たふ天《あま》の河《がは》

元禄二年

波が滔々と打ち寄せる荒海の彼方《かなた》に、流人の島佐渡が哀史を秘めて黒々と見え、その上には二星が相逢《あいあ》うという天の河が明るく横たわる。その景に接すると、愛する人々と遠く隔てられた流人たちの強い悲しみを思うのだ。

季語は、天の河（秋）。佐渡という島の名を、歴史的な回顧の思いをこめて詠んだ。

文月《ふみづき》や六日《むいか》も常《つね》の夜《よ》には似《に》ず

元禄二年

明日は天の河を挟んだ二つの星が、年に一度の逢瀬《おうせ》を楽しむ七夕《たなばた》。その前夜の今宵《こよい》もやはり、空の様子が常とは違って、どこかなまめいた趣に見えることよ。

季語は、文月（秋）。七月六日、越後今町（直江津）での作である。「六日も」に七夕を待ち望む心がこめられている。文月は旧暦七月の異称。

一家《ひとつや》に遊女《いうぢよ》も寝《ね》たり萩《はぎ》と月《つき》

元禄二年

同じ宿に世捨て人のような自分たちと、伊勢参りの遊女が泊まり合わせている。このふしぎなめぐり合わせは、庭の萩を月が照らして映えあうさまと、どこか趣が通じるようだ。

季語は、萩・月（秋）。『おくのほそ道』では、虚構を含むとされる市振《いちぶり》の条の句。物語的な興趣を盛ることで、紀行に変化をもたせたのである。

早稲《わせ》の香《か》や分《わ》け入《い》る右《みぎ》は有磯海《ありそうみ》

元禄二年

見渡す限りの早稲田の稲穂の香りの中を、分け入るように進んでいく。右手遥かにあの古歌で有名な有磯海があるというが、心惹かれることだ。

季語は、早稲（秋）。紀行本文に「かゞの国に入る」とある。有磯海は越中の歌枕だが金沢藩に属するため、加賀金沢の大国ぶりを誉めて挨拶とした。大国にふさわしい大景を詠んでいる。

あか〳〵と日《ひ》は難面《つれなく》も秋《あき》の風《かぜ》

元禄二年

立秋も過ぎたというのに夏のような暑さだが、日も西に傾いて、赤く燃え沈まんとしているいま、吹く風にはさすがに秋を感じることだ。

季語は、秋の風（秋）。「難面も」は心強く素知らぬ顔で、という意。烈日と秋風との感覚的ギャップを詠んでいる。『古今和歌集』の「秋来ぬと目にはさやかに見えねども風の音にぞおどろかれぬる」（藤原敏行）と通じるものがある。

塚《つか》も動《うご》け我《わ》が泣《な》く声《こゑ》は秋《あき》の風《かぜ》

元禄二年

私の来訪を待ちわびて亡くなったというあなたの墓前に立つと、秋風が激しく音を立てて吹きすぎていく。これこそ私の慟哭《どうこく》の声なのだ。その声に応《こた》えて、塚も動いてくれ。

季語は、秋の風（秋）。金沢に到着してまず連絡をとった一笑《いっしょう》が、前年冬に死去していたことを知り、深い悲しみを激しい感情として表現した。

むざんやな甲《かぶと》の下《した》のきりぎりす

元禄二年

実盛《さねもり》が白髪頭を染めてかぶったという兜《かぶと》を前にして、痛ましいという思いを禁じえない。いまは兜の下で、亡霊の化身かと思われる蟋蟀《こおろぎ》が寂しく鳴いているばかりだ。

季語は、きりぎりす（秋）。現代の蟋蟀のこと。加賀小松の多太《ただ》神社の宝物、実盛の兜を詠んだ句で、謡曲「実盛」の「あなむざんやな」を活かしている。

石《いし》山《やま》の石《いし》より白《しろ》し秋《あき》の風《かぜ》

元禄二年

この岩山の石は白く曝《さら》され、蕭条《しょうじょう》たる秋風が吹きわたっていく。身に沁みるように寂しい秋風は、この石よりもさらに白く感じられることだ。

季語は、秋の風（秋）。八月五日、加賀の那谷寺《なたでら》での詠。灰白色の凝灰岩《ぎょうかいがん》でできた山腹に観音堂などが建つ寺で、奇岩で知られる。秋を白色とするのは中国の思想による。

名《めい》月《げつ》や北《ほっ》国《こく》日《び》和《より》定《さだ》めなき

元禄二年

今宵の名月を敦賀で見ようと楽しみにして来たが、昨夜はあんなに晴れていい月が出ていたというのに、肝心の今夜は雨である。まことに北国の日和は定めがたいものだ。

季語は、名月（秋）。紀行本文に「十五日、亭主の詞《ことば》にたがはず、雨降る」。名月を逃がしたことを惜しみつつ、それを興がっているのである。

古《ふる》き名《な》の角鹿《つぬが》や恋《こひ》し秋《あき》の月《つき》

元禄二年

この敦賀《つるが》の湊《みなと》はその昔、角鹿と呼ばれたそうだが、秋の月を眺めているとひとしおその名が恋しく、なつかしい。

季語は、秋の月（秋）。角鹿は敦賀の古名で、記紀歌謡にも詠われた。ツヌガという音ばかりでなく、鹿に縁のある字も古雅で、仲秋の月の下ではなつかしく感じられるのである。

浪《なみ》の間《ま》や小《こ》貝《がひ》にまじる萩《はぎ》の塵《ちり》

元禄二年

波の寄せ返すそのあいだに、ますほの小貝を拾おうとしていると、なんと貝そっくりな萩の花屑がまぎれこんでいることよ。

季語は、萩（秋）。ますほ貝は淡紅色で小指の爪《つめ》ほどの貝である。西行が「ますほの小貝」と歌った歌枕、種の浜《いろはま》（敦賀市色浜）での吟。ほかに〈小萩散れますほの小貝小盃《こさかづき》〉などの句もある。

寂《さび》しさや須磨《すま》に勝《か》ちたる浜《はま》の秋《あき》

元禄二年

ますほの小貝を拾おうとはるばる舟でやってきたが、この種《いろ》の浜《はま》の寂しさは感に堪えぬもの。その寂しさゆえにもののあわれがあると讃《たた》えられる須磨の秋にも勝るといえよう。

季語は、秋（秋）。「勝ちたる」は、句合せで勝ち負けをきめる判詞に用いられる口調を借りたもの。世話になった法花寺への挨拶句であろう。

枝《えだ》ぶりの日《ひ》ごとにかはる芙《ふ》蓉《よう》かな

元禄二年

芙蓉は下のほうから咲き始めて上へと咲きのぼるが、その花も一日でしぼむので、日に日に枝振りが変化するようだ。

季語は、芙蓉（秋）。芙蓉はアオイ科の落葉低木。白色や淡紅色の大形の花をつける。画賛であり、絵に動きを加えた発想である。遊女の画賛という所伝もあり、日ごとに客のかわる遊女を匂わせたのだろうか。

蛤《はまぐり》のふたみに別《わか》れ行《ゆ》く秋《あき》ぞ

元禄二年

私はいま、親しい人々に別れを告げ、伊勢の二見《ふたみ》に向かって出発するが、蛤が蓋《ふた》と身に別れるかのように辛い。折から晩秋で、別れ行く寂しさが身に沁みることだ。

季語は、行く秋（秋）。『おくのほそ道』の最後を締めくくる句で、旅立ちの〈行く春や〉の句に対応する。二見と蓋・身をかけ、「別れ行く」と「行く秋」も掛詞《かけことば》。

月《つき》さびよ明智《あけち》が妻《つま》の話《はなし》せん

元禄二年

さあ、かつて明智光秀の妻が髪を切って金の工面をし、献身的に夫に仕えたという話をしようではないか。その話に似合うよう、月も光を収めて寂びた趣で照ってくれよ。

季語は、月（秋）。伊勢山田の俳人、又玄《ゆうげん》夫婦の心をこめたもてなしに、夫と心を一つにした妻のまめやかさを讃え、感謝の念をこめて詠んだ。

初《はつ》しぐれ猿《さる》も小《こ》蓑《みの》をほしげなり

元禄二年

山道で初時雨《はつしぐれ》に出会った。こんなことなら蓑を用意してくればよかったと思いながら、ふと見ると時雨に濡れた猿が、やはり小さな蓑でも欲しいといったそぶりで、こちらを見ていた。

季語は、初時雨（冬）。作者と猿の間に時雨の趣にひたっている者同士の気持ちの通い合いがある。俳諧撰集『猿蓑』巻頭の句で、書名はこの句に由来している。

いざ子《こ》ども走《はし》り歩《あり》かむ玉《たま》霰《あられ》

元禄二年

霰がぱらぱら降り出した。さあ、子どもたちよ、いっしょに走り回ろうではないか、霰の降る楽しさを満喫するために。

季語は、霰（冬）。玉霰は、霰の美称。伊賀上野の門人、友田良品《ともだりようぼん》亭で行われた俳諧の発句で、子どもは友田家の子どもたちであろう。芭蕉の風狂心と童心を表すもの。良品の脇句は〈折敷《をしき》に寒き椿水仙〉。

長嘯《ちやうせう》の墓《はか》もめぐるか鉢《はち》敲《たたき》

元禄二年

一晩中待ちつづけた鉢叩《たた》きが、夜が明けた今ごろやってきたのは、遠く離れた長嘯子《ちようしようし》の墓を巡っていたからなのか。

季語は、鉢敲（冬）。「明けてまいりたれば」と前書き。鉢叩きは、空也堂の僧が鉢や瓢簞《ひようたん》を叩きながら念仏を唱えて回る行事。木下長嘯子（一五六九―一六四九）の『挙白集』に「鉢叩辞」がある。

何《なに》にこの師《し》走《はす》の市《いち》に行《ゆ》く烏《からす》

元禄二年

飛んで行く烏よ、いったい何をしに、あの忙しい師走の市などへ出かけようとするのか。

季語は、師走（冬）。「何にこの」の五文字の烈《はげ》しい意気込みが、一気に終わりまで持続する。本来賑《にぎ》やかなことが嫌いではない芭蕉は、初めて年を越すことになった膳所《ぜぜ》の町の雑踏に心を引かれ、烏に自分の姿を見ているのである。

元禄三年―四年（四十七歳―四十八歳）

薦《こも》を着《き》て誰《たれ》人《びと》います花《はな》の春《はる》

元禄三年（四十七歳）

華やかな正月、人々の晴れ着にまじって薦を着た貧しい人がいる。都に近いこのあたり、どんな尊貴な人が身をやつしているかもしれないと思うと、何か由ありげに見えてくることだ。

季語は花の春（春）で、新春の華やかさを讃えることば。芭蕉は薦を着た人に、『撰集抄』などの仏教説話にある高僧・貴人を思う。

木《こ》のもとに汁《しる》も鱠《なます》も桜《さくら》かな

元禄三年

桜の木の下で花見をしていると、花びらがはらはらと散りかかり、汁も鱠も花びらで桜色になったことよ。

季語は、桜（春）。この句について、芭蕉は「軽みをしたり」と述べた。花見にふさわしい吟調を取り入れて、軽みの句に仕立てたとされる（乾裕幸《いぬいひろゆき》説）。花見の軽やかな気分を醸し出している。

獺《かはうそ》の祭《まつ》り見《み》て来《こ》よ瀬《せ》田《た》の奥《おく》

元禄三年

膳所《ぜぜ》へいらっしゃるのなら、瀬田の奥まで足をのばして、獺が獲《と》った魚を祭りのように岸辺に並べるさまを見ておいでなさい。ちょうどその時期です。

季語は、獺の祭（春）。暦では旧暦一月十六日から五日間をいう。前書きに「膳所へ行《ゆ》く人に」とある。正岡子規の別号「獺祭書屋主人《だっさいしょおく》」はこの季語に由来する。

一《ひと》里《ざと》はみな花《はな》守《もり》の子《し》孫《そん》かや

元禄三年

この花垣《はながき》の里の人々はみんな、奈良の八重桜を宿直《とのい》して守ったという、あの花守の子孫なのだろうか。

季語は、花守（春）。昔、奈良興福寺の八重桜のみごとさに、伊賀の国予野の庄《しょう》が所領として寺に寄進され、花垣の庄と改名、その桜が株分けされた。村人は花盛りの七日間宿直し、その花守をしたと言い伝える。

四方《しはう》より花《はな》吹《ふ》き入《い》れて鳰《にほ》の海《うみ》

元禄三年

四方の山から桜の花びらを湖面に吹き入れて、春の鳰の海は雄大な眺めであることよ。

季語は、花（春）。古歌「桜さく比良の山かぜ吹くままに花になりゆく志賀の浦波」を意識したものか。鳰の海は、琵琶《びわ》湖の別名。実に大柄な句で、俳席の主人珍碩《ちんせき》（洒堂《しやどう》）への挨拶の意を含む。下五を「鳰の波」とする形も伝わる。

行《ゆ》く春《はる》を近江《あふみ》の人《ひと》と惜《を》しみける

元禄三年

近江の国にあって、近江を愛し風雅を求め合う仲間たちと、いま朦朧たる琵琶湖の風景を眺めながら、心から行く春を惜しみあうことだ。

季語は、行く春（春）。芭蕉は古来、風雅の人はこの国の春をたいそう惜しんできたと思い、近江で行く春を惜しむことにも、伝統的な意義を感じていた。

先《ま》づ頼《たの》む椎《しひ》の木《き》も有《あ》り夏木《なつこ》立《だち》

元禄三年

まずともかくも、いま頼むところの棲《す》み家《か》は、大きな椎の木が頼もしくも夏木立をなす、この棲み家だ。

季語は、夏木立(夏)。近江石山の幻住庵《げんじゅうあん》での作。奥羽北陸行脚で江戸を離れて一年以上、定まった住居を持たず漂泊を重ねていたため、この庵に落ち着いて、やっと一人静かに過ごす環境を得たのである。

頓《やが》て死《し》ぬけしきは見《み》えず蟬《せみ》の声《こゑ》

元禄三年

力いっぱい鳴く蟬の声を聞いていると、これがもうすぐ死ぬなどという様子にはとても思えない。

季語は、蟬（夏）。蟬の鳴きさかっていた幻住庵での実感を詠んだものであろう。この時期、芭蕉はこの世がはかないものであると、「無常迅速」をしきりに唱えていた。

稲《いな》妻《づま》に悟《さと》らぬ人《ひと》の貴《たふと》さよ

元禄三年

稲妻にすぐ、はかなさをいい、悟った様子の人よりも、悟らない人のほうがかえって尊いと思われる。

季語は、稲妻（秋）。生悟《なまざと》りの人は自分の半端な悟りに結びつけ、かえって事の真相を見失うことが多い。無知無心の者は事象をそのまま素直に見るため、その本質を感得することができる、というのである。

病雁《びやうがん》の夜《よ》寒《さむ》に落《お》ちて旅《たび》寝《ね》かな

元禄三年

鳴き渡って行く雁の声に耳を澄ませると、病んだ雁が仲間から外れて地上に降りてくる様子である。私も病にかかり、この夜寒に旅寝していることだ。

季語は、雁（秋）。前書きに「堅田《かただ》にて」とあり、近江八景の「堅田の落雁」を響かせる。病雁が落伍《らくご》するのは心象風景でもあり、現実に旅中に病む自分でもあった。

海士《あま》の屋《や》は小海老《こえび》にまじるいとゞかな

元禄三年

海士の家の土間には、獲《と》れたばかりの小海老がぴんぴん生きたまま笊《ざる》にいれてある。よく見ると中にいとどが混じり、いっしょに跳ねているのだ。

季語は、いとど（秋）で、カマドウマのこと。海老に似た形で、竈《かまど》付近に棲《す》みつく。前句に続いて俳諧撰集『猿蓑』に載り、堅田での実見か。「海士の屋は」の「は」に驚きがある。

しぐるゝや田《た》の新《あら》株《かぶ》の黒《くろ》むほど

元禄三年

時雨が降り続いて、刈られたばかりの稲の切り株が、黒ずんでくるほどである。

季語は、しぐれ（冬）。「旧里の道すがら」と前書きされ、伊賀上野への帰郷の途中で詠まれた。京の時雨は降りみ降らずみであるが、山国の伊賀では刈田《かりた》の新株が濡れそぼるほど、しとしと降るという。風土をよく捉《とら》え、「さび」がある。

きりぎりす忘《わす》れ音《ね》に鳴《な》く火《こ》燵《たつ》かな

元禄三年

火燵にぬくもっていると、あたりはひっそりと物音もしない。時折、思い出したように蟋蟀《こおろぎ》が、時季はずれのか細い鳴き声をたてる。

季語は、火燵（冬）。伊賀上野の商家、松本氷固《ひょうこ》宅での俳諧の発句として詠まれた。「忘れ音」は、時季はずれに鳴く虫の音。ぬくもった火燵でもてなされたことへの挨拶句である。

干《から》鮭《ざけ》も空《くう》也《や》の痩《や》せも寒《かん》の内《うち》

元禄三年

干鮭のからからに干からびた形も、空也僧の修行で痩せて無駄のない肉体も、寒の内という引き締まった凛冽《りんれつ》の気にふさわしい景物である。

季語は、寒の内（冬）。寒の内の本質的な季節感を象徴的に表現する。空也僧は半僧半俗で、十一月十三日の空也忌から四十五日間、鉢を叩き念仏を唱えて洛中洛外を練り歩く。

住《す》みつかぬ旅《たび》の心《こゝろ》や置《おき》炬《ご》燵《たつ》

元禄三年

漂泊の旅を続け、今年も他人の家の厄介になって暮れを迎える。どこか寒々とした居心地の悪さは、この置炬燵があちこち運び歩かれるからか、掘り炬燵に比べ暖まりが悪いのに似ているようだ。

季語は、置炬燵（冬）。芭蕉はこの冬、京にあって、門弟たちの家を転々としていた。その落ち着かぬ旅情を詠んだもの。

隠《かく》れけり師《し》走《はす》の海《うみ》のかいつぶり

元禄三年

琵琶湖の水面に浮かんでいたかいつぶり（鳰《にお》）が、ふと潜って水中に隠れてしまった。忙しい師走の海にふさわしく、潜ったり浮かんだり、慌ただしいことだ。

季語は、師走（冬）。「かいつぶり」も伝統的な冬の季語だが、ここでは「師走」に力点がある。いきなり「隠れけり」と置いた倒叙法に、驚きの気持ちがこもる。

人《ひと》に家《いへ》を買《か》はせて我《われ》は年《とし》忘《わす》れ

元禄三年

乙州《おとくに》は新居へ自分を呼んでくれた。これはまるで、人に家を買わせて年忘れをしているようなものだ。

季語は、年忘れ（冬）。前書きに「乙州が新宅にて」とある。新宅に招かれたのを、人に家を買わせてと興じ、主への挨拶とした。句調が初期の〈年は人にとらせていつも若夷《わかえびす》〉（寛文六年、二十三歳）に似ている。

大《おほ》津《つ》絵《ゑ》の筆《ふで》の始《はじ》めは何《なに》仏《ぼとけ》

元禄四年（四十八歳）

大津絵にはいろいろ仏が描かれるが、新年に初めて筆をとる筆始めには、何という仏さまを描くのだろう。

季語は、筆始《ふではじめ》（春）。当時の大津絵は仏画を主としていた。前書きに「三日口を閉じて正月四日に題す」とあり、芭蕉もこの句が筆始めである。淡々として切れ字もない鷹揚《おうよう》さも、また至芸というべきであろう。

梅《うめ》若《わか》菜《な》鞠《まり》子《こ》の宿《しゅく》のとろゝ汁《じる》

元禄四年

　これからあなたが行く東海道は、梅が盛りで若菜も萌《も》え出ている。あの鞠《まり》子《こ》の宿には有名なとろろ汁もあって、きっと旅情を慰めてくれるだろう。

　季語は、梅（春）と若菜（春）。ふと口から出たのだが、後になっていい句だと思ったと芭蕉自らいうごとく、旅心が躍動し、巧まずして読む者を旅へと誘《いざな》う句である。

山《やま》里《ざと》は万《まん》歳《ざい》遅《おそ》し梅《うめ》の花《はな》

元禄四年

都ではもうとっくに回って来ている万歳が、この山里にはまだやって来ない。もう梅の花が咲いているというのに。

季語は、梅の花（春）。前書きに「伊陽山中初春」とあり、松の内（上方は十五日まで）には伊賀へ帰ったと思われる。都に比べすべてに鄙《ひな》びた城下町の情景を描いて、捨てがたい味わいがある。

衰《おとろ》ひや歯《は》に喰《く》ひあてし海苔《のり》の砂《すな》

元禄四年

海苔を食べていると、歯に砂が嚙《か》みあたった。若いころならこれほどには気にならないのにと、わが身の衰えを痛感したことだ。

季語は、海苔（春）。歯に嚙みあてた瞬間の即物的な感覚として、日常的には自覚されなかった衰えそのものを感じ取った、四十八歳である。この句の初案は〈嚙み当つる身のおとろひや苔《のり》の砂〉。

山吹《やまぶき》や宇治《うぢ》の焙炉《ほいろ》の匂《にほ》ふ時《とき》

元禄四年

宇治では山吹が美しく咲きこぼれ、傍らの焙炉から香ばしい新茶の匂いが流れてくる季節である。

季語は、山吹（春）。「画賛」と前書きがある。実景ではなく、山吹の画に賛したものであろうが、むろん実体験をふまえての作。山吹の黄色と新茶の香りに、匂いあい映りあうものを感じた表現である。

ほとゝぎす大竹《おほたけ》藪《やぶ》を漏《も》る月夜《つきよ》

元禄四年

ほととぎすが鳴きすぎ、ふり向くと大竹藪の隙間《すきま》から月の光が漏れてくる。季語は、ほととぎす（夏）。「月夜」という大きな自然の静謐《せいひつ》さが生かされ、一声あげて飛び去るほととぎすと、竹藪を斜めに走る月光の、声と光の一瞬の交錯に凄みが感じられる。「大竹藪」という一見無造作な表現が句を大きくしている。

憂《う》き我《われ》をさびしがらせよ閑《かん》古《こ》鳥《どり》

元禄四年

この世をつらいものと思う私を、閑古鳥よ、その寂しい鳴き声で、寂しさに徹して住もうという心境にさせておくれ。

季語は、閑古鳥（夏）で、郭公《かっこう》のこと。西行の二首「とふ人も思ひ絶えたる山里のさびしさなくば住み憂からまし」「山里に誰を又こは呼子鳥ひとりのみこそ住まむと思ふに」などを意識して詠んだ。

五月雨《さみだれ》や色紙《しきし》へぎたる壁《かべ》の跡《あと》

元禄四年

しとしと五月雨の降る日、明日はこの落柿舎《らくししゃ》を去るので、名残惜しくて薄暗い家の中を見て回ると、色紙を剥《は》いだ跡が壁にあちこち残っているのを見つけた。

季語は、五月雨（夏）。『嵯峨《さが》日記』五月四日の条にある。その昔、色紙や短冊を散らし貼《ば》りし、数寄《すき》をこらした家であったことを思わせる。

粽《ちまき》結《ゆ》ふ片《かた》手《て》にはさむ額《ひたひ》髪《がみ》

元禄四年

端午の節句、粽を結うのに額の髪が下がってきて邪魔なので、片手で耳に挟んではまた結い続ける。そんな女性のしぐさは優雅で奥ゆかしい。

季語は、粽（夏）。『猿蓑』の発句に多様性を持たせようと、『源氏物語』などにあるような風情を想像して、物語の体を詠んだもの。

三《み》井《ゐ》寺《でら》の門《もん》たゝかばやけふの月《つき》

元禄四年

今夜の名月はまことに素晴らしい。興にのったついでに、名月に縁の深い三井寺まで足をのばし、月下の門を叩こうではないか。

季語は、今日の月（秋）で、仲秋の名月。仲秋の名月のことを扱った謡曲「三井寺」や、漢詩句「僧は敲く月下の門」を意識して詠んだ。夜も更けてなお名月を愛《め》でる風狂の句である。

入《にう》麵《めん》の下《した》焚《た》き立《た》つる夜《よ》寒《さむ》かな

元禄四年

夜食に体を温める入麵を作ろうと、鍋の下の薪を盛んにかきたて火勢を強めている。そのきらめく赤い炎が、夜寒の感をいっそう強めるのだ。

季語は、夜寒（秋）。入麵は当て字で、煮麵の延言《えんげん》。そうめんを醬油などで味付けした汁で野菜とともに煮たもの。温かい麵料理で、いかにも夜寒の景にふさわしい。

百《もも》歳《とせ》の気《け》色《しき》を庭《には》の落《おち》葉《ば》かな

元禄四年

寺がこの地（近江国平田村）に移されてすでに百年近く、庭の景色ものの古《ふ》り、降り積もった落葉さえも年月の重なりを思わせる。季語は、落葉（冬）。蕉門俳人で明照寺《めんしょうじ》第十四世住職、河野李由《りゆう》に請われての画賛の句。やや感動に乏しいのは画賛ゆえか。この真蹟《しんせき》は寺にいまも残されている。

葱白《ねぶかしろ》く洗《あら》ひたてたる寒《さむ》さかな

元禄四年

葱《ねぎ》を清水で真っ白く洗いたてている。その白さに、寒さをいっそう強く感じることだ。

季語は、葱（冬）。美濃の国垂井《たるい》に知人を訪ねての挨拶の句。垂井は水も良く、近在の宮代《みやしろ》が葱の産地なので、土地の名物を詠みこんだ。葱の白さに寒さの本質を見出したもので、「洗ひたてたる」に勢いがある。

折《をり》〳〵に伊《い》吹《ぶき》を見《み》ては冬《ふゆ》籠《ごもり》

元禄四年

この家の主は伊吹山に近いこの住まいで、何かにつけて伊吹山を仰ぎ見、静かに冬籠りをしていることよ。

季語は、冬籠（冬）。前書きに「千川《せんせん》亭に遊びて」とあり、美濃大垣の千川亭での挨拶の句。「見ては」と、主人の気持ちになって詠んでおり、主人に対する思いやりの深さが感じられる。

葛《くず》の葉《は》の面《おもて》見《み》せけり今朝《けさ》の霜《しも》

元禄四年

葛の葉は風に吹かれていつも白く裏返っているものなのだが、今朝は風もなく、霜が降りて葉の表の方が真っ白になっていることだ。

季語は、霜（冬）。弟子の嵐雪《らんせつ》に与えた句といわれる。いったんは背いたが、詫《わ》びを入れてきたことを喜んで、お前の心の裏も表も潔白であることがわかったという気持ちをこめたともいう。

魚《うを》鳥《とり》の心《こころ》は知《し》らず年《とし》忘《わす》れ

元禄四年

魚や鳥は無心に水に遊び、空を飛んでいるが、その本当の心をはかり知ることができないように、いま仲間が集まって年忘れの会を楽しんでいるけれども、その真意は仲間にしかわからない。

季語は、年忘れ（冬）。『方丈記』の「魚は水に飽かず……」や、『荘子』秋水編の「子魚にあらず……」などをふまえている。

元禄五年—七年（四十九歳—五十一歳）

鶯《うぐひす》や餅《もち》に糞《ふん》する縁《えん》の先《さき》

元禄五年（四十九歳）

春の暖かい日差しの中、鶯が庭に来ている。飛び立ったのでふと見ると、縁先に干した餅に鶯の糞が落としてあった。

季語は、鶯（春）。鶯という古来の初春の風物に、「餅に糞する」という日常卑近なできごとを詠んだのが、芭蕉の軽みである。鶯の糞は美容・漂白に使われ、汚いという認識はなかったであろう。

猫《ねこ》の恋《こひ》やむとき閨《ねや》の朧《おぼろ》月《づき》

元禄五年

やかましく鳴きたてていた恋猫の声が止んで、寝室には朧月のぼんやりとした光が差しこんでいる。

季語は、朧月（春）。猫の恋も春の季語だが、猫の恋からの余韻を閨の朧月に響かせて、人間の恋のなまめきを匂《にお》わせるので、朧月に重きが置かれているとみる。猫の恋という卑俗な俳題に、朧月を配したのが工夫である。

ほとゝぎす啼《な》くや五《ご》尺《しやく》の菖草《あやめぐさ》

元禄五年

空にはほととぎすが鳴き過ぎ、地には菖蒲草《あやめぐさ》がもう五尺の高さに伸びて茂っている。

季語は、ほととぎす（夏）。『古今和歌集』に「郭公なくや五月のあやめ草あやめもしらぬ恋もするかな」とあり、上の句の五月を五尺に言い換えただけだが、みごと換骨奪胎《かんこつだったい》に成功し、季節感をあざやかに表現しえた。

名《めい》月《げつ》や門《もん》に指《さ》し来《く》る潮《しほ》頭《がしら》

元禄五年

八月十五夜の月がみごとだ。ちょうど潮も満ちてくる時間で、門先まで潮頭がひたひたと差してくることよ。

季語は、名月（秋）。深川芭蕉庵での月見の句である。庵は隅田川のほとりで海も近く、満潮時には潮が門先まで差してくる。名月は大潮であり、春の大潮が昼なのに対して、秋は夜に絶頂期を迎える。

青《あを》くてもあるべきものを唐《たう》辛《がら》子《し》

元禄五年

唐辛子が赤く色づいてきた。青いままで十分趣があるのに、時の流れには逆らえず赤くなる。

季語は、唐辛子（秋）。「深川夜遊《やいう》」と前書き。唐辛子の本性は辛さにあって色ではないはずだ。青臭く素朴なままが良いと、人間世界にありがちなことを寓意《ぐうい》していう。この句に脇をつけた若い門人洒堂《しやどう》への垂訓とも読める。

けふばかり人《ひと》も年《とし》よれ初《はつ》時雨《しぐれ》

元禄五年

初時雨が降ってきた。今日ばかりはみんな老いの心境になって、初時雨の情趣をしみじみと味わおうではないか。

季語は、初時雨（冬）。時雨は老人の心境になってはじめてその味わいを楽しめるという。許六《きょりく》亭での俳席に、発句として詠んだもの。連歌や俳諧では時雨を賞するが、ことに初時雨は格別であった。

塩《しほ》鯛《だひ》の歯《は》ぐきも寒《さむ》し魚《うを》の店《たな》

元禄五年

寒風吹き荒れて漁獲物とてないらしく、魚屋の棚には塩引きの鯛が白い歯茎をむき出しにした姿で置かれているばかり。その白さを見て、寒さが一段と身に沁みる。

季語は、寒し（冬）。其角の〈声かれて猿の歯白し峰の月〉から想を得て作った。むき出した歯茎に共通点がある。平凡な中に老境の深い趣がある。

年《とし》どしや猿《さる》に着せたる猿《さる》の面《めん》

元禄六年（五十歳）

新年になって猿回しが門付けにやってきた。猿に猿の仮面をつけても元の猿に変わりはないのと同じで、毎年毎年、人間は今年こそと心新たにするが、また同じ所に陥ってしまう。

季語はないが、一句の意から、春（新年）の句とする。真蹟懐紙の前書きに「元旦」。年々の変わりばえなさへの自嘲の響きがある。

春《はる》もやゝけしきとゝのふ月《つき》と梅《うめ》

元禄六年

余寒が続いていたが、ようやく月も潤み、梅の花も咲き始めて、春らしいようすがととのってきた。

季語は、梅（春）。梅と月の自画讃の句でありながら、季節の移行を丹念に見つめ捉えていて、悠揚《ゆうよう》迫らぬ位があり、口調も優雅である。春の気配を象徴するものとして「月と梅」が効果的に使われている。

郭公《ほととぎす》声《こゑ》横《よこ》たふや水《みづ》の上《うへ》

元禄六年

夜の大川の上を、ほととぎすが鋭い一声を残して飛び過ぎていった。水の上には、その余韻が長く尾を引いて残っている。

季語は、郭公（夏）。蘇東坡《そとうば》の「前赤壁ノ賦」の「白露江ニ横タハリ」をふまえ、静的な「露」を動的な「声」に転用したところに面白さがある。猶《ゆう》子《し》の桃印《とういん》を失った追悼の念を、ほととぎすの声に託している。

むかし聞《き》け秩《ち》父《ぶ》殿《どの》さへ相撲《すまふ》とり

元禄六年

昔話を聞きなさい。その昔、あの秩父殿さえ相撲を取って大力の長居《ながい》を負かしたというではないか。

季語は、相撲（秋）。「秩父殿」は頼朝《よりとも》に仕えた武将・畠山重忠《はたけやましげただ》のこと。『古今著聞集』武勇（相撲強力編）にある説話に原拠をとりながら、軽い即興体で詠んだおかしみが、この句の眼目である。

白露《しらつゆ》もこぼさぬ萩《はぎ》のうねりかな

元禄六年

初秋の風が静かに吹いて、萩がゆれている。その上にいっぱいのった白露さえも、こぼさないほどかすかに。

季語は、萩（秋）。白露も秋の季語であるが、萩のうねりに焦点が合わされている。杉風《さんぷう》の採茶庵《さいだ》で、初秋の風がかすかに吹く夕暮れ、庭の萩に露が降り、ゆれているのを見て詠んだもの。

朝《あさ》顔《がほ》や昼《ひる》は錠《ぢやう》おろす門《もん》の垣《かき》

元禄六年

朝顔が門の垣根にまといついて、毎朝花を咲かせる。その花もしぼんだ昼は、門を閉じ、孤独に徹した日々を送っていることだ。

季語は、朝顔（秋）。前書きに「閉関《へいかん》のころ」「閉関」など。俳文「閉関の説」に芭蕉はその心境を述べているが、この俳文には謎も多い。軽みの深化など、芭蕉の精神史上において重要な位置を占める句である。

金《きん》屏《びやう》の松《まつ》の古《ふる》さよ冬《ふゆ》籠《ごもり》

元禄六年

ここに張り巡らせた金屏風には松が描かれているが、すっかり古色をおび落ち着いた色調になっていて、冬籠にふさわしいさまである。

季語は、冬籠（冬）。元禄二年の旧稿に〈屏風には山を画《ゑが》きて冬ごもり〉と詠んだのを、歌仙の発句に仕立て直した。古い金屏風は豊かな旧家の座敷をイメージさせる。

振《ふ》り売《う》りの雁《がん》あはれなり夷《えびす》講《かう》

元禄六年

恵比須講で賑《にぎ》わう街中で、振り売りが雁をぶらさげて商っている。そのだらりと首を垂れた雁のさまが、なんとも哀れであるよ。

季語は、夷講（冬）。渡りの途中で無念にも捕らえられ命を落とした雁と、それを振り売りして歩く男の生業の、二つともに哀れというのである。市井の些事《さじ》を詠んだ軽みの句である。

鞍《くら》壺《つぼ》に小《こ》坊《ばう》主《ず》乗《の》るや大《だい》根《こ》引《ひき》

元禄六年

大根引に精出している脇《わき》に、大根を運ぶ馬がつないであり、鞍壺の上にはその男の息子であろうか、小坊主がちょこんと乗っている。

季語は、大根引（冬）。前書きに「大根引といふ事を」。軽みの句にふさわしい題としてこれを取り上げたのであろう。鞍壺に乗る子どもを引き立たせて、軽いユーモアを感じさせる。

寒《かん》菊《ぎく》や粉《こ》糠《ぬか》のかゝる臼《うす》の端《はた》

元禄六年

庭先に臼を出して米搗《つ》きをすると、あたりに粉糠がかかって白くなる。かたわらに咲く寒菊にも、しきりに粉糠がかかることよ。

季語は、寒菊（冬）。農家の庭先の景である。冬の庭仕事としての米搗きという日常的なありふれた情景の中に、情趣をさぐる軽みの句。物に即して情を生かそうとする姿勢が窺《うかが》える。

生《い》きながら一《ひと》つに氷《こほ》る海鼠《なまこ》かな

元禄六年

桶《おけ》の冷たい水の中で、いくつもの生きた海鼠がひとかたまりになり、少しも動かず凍りついたようになっている。

季語は、海鼠（冬）。生きながら凍るという表現に、芭蕉の憐《あわ》れみの目がそそがれている。海鼠の姿に、生きることのあわれさを感じたのであろう。

この句への岱水《たいすい》の脇句は〈ほどけば匂ふ寒菊の薦《こも》〉。

有《あり》明《あけ》も三《み》十《そ》日《か》に近し餅《もち》の音《おと》

元禄六年

有明月も細くなってもう三十日に近い。餅つきの音に、年の暮れなのだとつくづく思う。

季語は、餅の音、すなわち餅つき（冬）。兼好法師の「ありとだに人に知られぬ身のほどや三十日に近き有明の月」に拠《よ》る。原典では有明月が単なる比喩《ひゆ》にとどまるが、この句では年の暮、人生の象徴となり得ている。

蓬《ほう》萊《らい》に聞《き》かばや伊《い》勢《せ》の初《はつ》便《だよ》り

元禄七年（五十一歳）

元旦に床《とこ》の間《ま》に飾られた蓬萊を見ていると、あの古式ゆかしい伊勢神宮のある、伊勢からの初便りが聞きたいものだと思われてくる。

季語は、蓬萊（春）。初便は現今の新年の季語である。蓬萊は正月の飾り物で、蓬萊山をかたどってあり、現在はおもに上方《かみがた》でのしきたりである。芭蕉最後の歳旦《さいたん》吟。

梅《うめ》が香《か》にのつと日《ひ》の出《で》る山路《やまぢ》かな

元禄七年

余寒のなか、馥郁《ふくいく》たる梅の香りのただよう山路を歩いていると、行く手からのっと太陽が顔を出し、あたりに朝の光がいっせいにひろがった。

季語は、梅（春）。「のっと」という俗語を使いながら卑しくならない句柄がみごとである。「のっと」に驚きの心があるが、おおらかで、「にょっと」「ぬっと」では不足である。

春《はる》雨《さめ》や蜂《はち》の巣《す》つたふ屋《や》根《ね》の漏《も》り

元禄七年

春雨がしとしとと降り続き、つれづれのままにふと見ると、屋根から漏れた雨水が軒先の蜂の古巣を伝って、ぽとぽとしたたりおちている。

季語は、春雨（春）。春雨はしとしとと小止みなく降り続く体が本意であり、その伝統を外れず卑近な例であざやかに詠み取った。芭蕉庵の実景であったという。

八《はっ》九《く》間《けん》空《そら》で雨《あめ》降《ふ》る柳《やなぎ》かな

元禄七年

静かに降り続いていた春雨が止んだので外へ出てみると、八、九間も空に高く広がった柳の木の下では、まだ雨水が落ちていて、まるで雨が降っているようであった。

季語は、柳（春）。柳の浅緑を背景にようやく見えるほどの細い雨。陶淵《とうえん》明《めい》の詩句「草屋八九間、楡柳後簷《ゆりうこうえん》を陰《おほ》ひ」に拠るが、原詩は部屋数をいう。

紫陽花《あぢさゐ》や藪《やぶ》を小《こ》庭《には》の別《べっ》座《ざ》敷《しき》

元禄七年

この別座敷は藪をそのまま庭にとり入れて、簡素なつくりにしてある。折からの紫陽花も咲き添い、もの寂《さ》びた風情である。

季語は、紫陽花（夏）。別座敷は母屋とは別棟にした座敷である。芭蕉最後の旅立ちとなった上方への旅行を前にして、送別の会が門人子珊《しさん》の別座敷で行われた折の発句。

麦《むぎ》の穂《ほ》を便《たよ》りにつかむ別《わか》れかな

元禄七年

お送り下さった皆さんとは、いよいよお別れです。思いが胸に迫り、いまはただ、道端の麦の穂をつかんで心の支えにしようと思います。

季語は、麦の穂（夏）。最後の旅立ちに際して、名残を惜しむ人々が川崎まで見送り、そこでの留別吟。衰老はげしく再会の望み薄しと思う、芭蕉の心細い胸中が思いやられる。

駿《する》河《が》路《ぢ》や花《はな》橘《たちばな》も茶《ちゃ》の匂《にほ》ひ

元禄七年

駿河路をゆくと、昔懐かしい花橘が咲き匂い、製茶の香ばしい匂いと競い合っていることよ。

季語は、花橘（夏）。大水で大井川の川止めにあい、島田の川庄屋、塚本如舟《じょしゅう》亭に宿泊していた折に詠んだ。駿河の国の二大名物である茶と橘とを取り上げて、賛美の気持ちをあらわした挨拶の句。

五月雨《さみだれ》の空《そら》吹《ふ》き落《お》とせ大井《おほい》川《がは》

元禄七年

梅雨の大雨で大井川は濁流渦巻いている。いっそ大井川よ、五月雨のどんよりした空を風で吹き落とし、濁流とともに一気に流し去っておくれ。

季語は、五月雨（夏）。空を吹き落とすのはもちろん風だが、大井川に呼びかける体で、句に勢いがある。前記の如舟亭での作。大井川を恨むのではなく、誉《ほ》めているのである。

水鶏《くひな》啼《な》くと人《ひと》のいへばや佐《さ》屋《や》泊《どま》り

元禄七年

水鶏が鳴くから聞いていけと勧められたからであろうか、思いがけず佐屋に泊まることになったが、なかなかの風情であることよ。

季語は、水鶏（夏）。体力の衰えからだろうか、予定外の旅寝に水鶏が鳴くからとの仮構でおかしみを添えた。水鶏を詠むのは、水辺の鄙《ひな》びた土地への挨拶である。

朝《あさ》露《つゆ》によごれて涼《すず》し瓜《うり》の泥《どろ》

元禄七年

朝露にぬれたとりたての瓜に、少し泥がついているところが、なんとも新鮮で涼しげであることよ。

季語は、瓜（夏）。「涼し」も夏の季語であるが、瓜が主役である。泥は濡れているので朝にふさわしいが、初案の「瓜の土」では泥が乾いてしまった昼の感じになる。

六月《ろくぐわつ》や峰《みね》に雲《くも》置《お》く嵐山《あらしやま》

元禄七年

六月の炎天下、嵐山はその山頂付近にうずたかく重なった雲の峰を乗せて、堂々とそこにある。

季語は、六月（夏）。陽暦の七月ごろ。ロクグワツの強い響きに「峰に雲置く」という重厚な表現が応じて、其角《きかく》から豪句と評された。去来《きょらい》の落柿舎《らくししゃ》に滞在中の句で、嵐山を讃えて去来への挨拶の意をこめる。

夏《なつ》の夜《よ》や崩《くづ》れて明《あ》けし冷《ひ》やし物《もの》

元禄七年

短い夏の夜がしらじらと明け始め、昨夜の冷やし物は形が崩れて、みるかげもなくなっている。

季語は、夏の夜（夏）。近江曲翠《きよくすい》亭での発句。十六夜の月見の饗宴《きようえん》が明け、興過ぎて後の何かはかない感じが、「崩れ」た「冷やし物」に詠みこまれている。崩れたのは残り物の料理だけではなく、座の空気でもある。

秋《あき》近《ちか》き心《こころ》の寄《よ》るや四《よ》畳《でふ》半《はん》

元禄七年

しのびよる秋の気配のなか、この四畳半の部屋でお互いの心がしんみりと和みあい、満ち足りた思いです。

季語は、秋近し（夏）。大津木節《ぼくせつ》亭での発句。芭蕉は寿貞《じゆてい》の訃報に接したばかり。悲しみのなか、狭い茶室で膝《ひざ》をつきあわせた師弟の集いに心和んだ。直接的で平明な表現に、心中深いところから出た寂寥を感じる。

ひやひやと壁《かべ》をふまへて昼寝《ひるね》かな

元禄七年

足の裏を壁にあてて昼寝をしていると、ひんやりと気持ちがいい。残暑厳しいとはいいながら、やはり秋の気配が感じられる。

季語は、ひやひや（秋）。当時、「昼寝」は季語になっていない。再び大津木節亭を訪れての作。残暑の季節に初秋を敏感に感じ取って、足裏という新しい感覚で表現したものである。

数《かず》ならぬ身《み》となな思《おも》ひそ魂《たま》祭《まつ》り

元禄七年

不幸せのまま死んだお前に、遠く旅の空で初盆会《はつぼんえ》を営み、香華《こうげ》を手向《たむ》ける。けっして数ならぬ身と卑下することはない。お前の存在は皆にとってやはり大きかった。

季語は、魂祭り（秋）。若かりしころに知り合った寿貞《じゅてい》の初盆会（魂祭り）である。不遇のまま先立たれた慙愧《ざんき》の念が一句ににじむ。

松茸《まつたけ》や知《し》らぬ木《こ》の葉《は》のへばりつく

元禄七年

これが当地産のまぎれもない松茸です。松葉ではなく、名も知らぬ木の葉がへばりついているのですが……。

季語は、松茸（秋）。支考《しこう》らが、伊賀に芭蕉を訪ねて滞在中、芭蕉から松茸一籠《かご》を贈られたのに添えられた句。取れたての松茸を詠んだもので、山国らしい風情がある。

新《しん》藁《わら》の出《で》初《そ》めて早《はや》き時《し》雨《ぐれ》かな

元禄七年

この伊賀の山村では、稲刈が終わって新藁が出はじめると、早くも時雨がやってくる。山国の季節の移り変りのまことにあわただしいことだ。

季語は、時雨（冬）。「新藁」は「今年藁」ともいい秋季だが、季語として多用されるのは後のこと。芭蕉は山国の早い時雨に、風土の悲しみと無常迅速とを感じている。

びいと啼《な》く尻《しり》声《ごゑ》悲《かな》し夜《よる》の鹿《しか》

元禄七年

奈良の猿沢の池のほとりを歩いていると、雄《おす》にこたえる雌《め》鹿《じか》の声が聞こえてきた。びいとあとを引くように鳴く、その声の悲しげなことよ。

季語は、鹿（秋）。九月八日夜、奈良での作。「尻声」は、あとへ引く声。「びいと啼く」や「尻声」などという俗語を用いて、老いの孤愁を吟じたところに軽みの実践がある。

菊《きく》の香《か》や奈《な》良《ら》には古《ふる》き仏《ほとけ》達《たち》

元禄七年

菊の節句に奈良にいると、あたりは菊の香りでいっぱいだ。古い都らしく古い仏さまたちもいらっしゃり、心惹かれる土地柄である。

季語は、菊（秋）。九月九日、奈良での作。菊の香と古き仏達が渾然《こんぜん》として古雅の世界を創り出している。「仏達」という表現には親しみがこもり、温かい血が流れる感じがある。

猪《ゐのしし》の床《とこ》にも入《い》るやきりぐ〳〵す

元禄七年

「我が床下に入る」と詩句にうたわれる蟋蟀《こおろぎ》だが、猪のように大鼾《おおいびき》をかいている洒堂《しゃどう》の床のほとりまで来て、鼾の合間合間にか細い鳴き声をたてているよ。

季語は、きりぎりす（秋）。現在の蟋蟀のこと。洒堂方に宿泊中、初案「床に来て鼾にいるや……」がなった。猪は朴訥《ぼくとつ》な洒堂の人柄に親しみをこめていうのであろう。

秋《あき》もはやばらつく雨《あめ》に月《つき》の形《なり》

元禄七年

秋も終りちかく、時折ばらばらと雨が降りすぎ、雲間に見える月の形も細くなっていよいよ晩秋の風情である。

季語は、秋・月（秋）。前書きに「其柳亭」とある。九月十九日、大坂の門人、其柳《きりゅう》亭の夜会での発句。其柳の脇句は〈下葉色づく菊の結《ゆ》ひ添へ〉。「ばらつく」の俗語など、軽い表現の中に深い寂寥感がある。

秋《あき》の夜《よ》を打《う》ち崩《くづ》したる咄《はなし》かな

元禄七年

雨のそぼ降る静かな秋の夜、そのさびしさをときほぐすように、人々がうちくつろいで談笑することだ。

季語は、秋の夜（秋）。九月二十一日、門人車庸《しやよう》亭での作。車庸の脇句は〈月待つほどは蒲団《ふとん》身に巻く〉。「打ち崩したる」は「秋の夜」と「咄」の両方にかかって、一座の雰囲気を表している。軽みの句。

此《こ》の道《みち》や行《ゆ》く人《ひと》なしに秋《あき》の暮《くれ》

元禄七年

この道は行く人もないまま、晩秋の夕暮れの薄闇《うすやみ》にまぎれるように、彼方へとつづいている。私の人生も、追求してきた俳諧の道も、このように孤独で寂しいものであった。

季語は、秋の暮（秋）。別案に〈人声や此の道かへる秋の暮〉があり、芭蕉は取捨選択に迷い、弟子がこれを選んだという。

此《こ》の秋《あき》は何《なん》で年《とし》よる雲《くも》に鳥《とり》

元禄七年

なぜこの秋はこれほどに、自分の衰えを感じてしまうのか。遠くの空に雲が浮かび鳥が飛んでいく。わたしの人生も、あのように行方定めぬ漂泊の旅の連続であったことだ。

季語は、秋（秋）。前書きに「旅懐」とある。いつもの旅慣れた道をたどりながら、今回は極端な体力の衰えを実感していた。死の二週間前の作。

白菊《しらぎく》の目《め》に立《た》てゝ見《み》る塵《ちり》もなし

元禄七年

この白菊は純白そのもので、どんなに目をこらしてみても、塵ひとつありません。

季語は、白菊（秋）。園女《そのめ》亭での俳諧の席で発句として詠まれた。園女の脇句は〈紅葉に水を流す朝月〉。白菊の清浄は、亭主園女への賞賛である。西行の「曇りなき鏡の上にゐる塵を目に立ててみる世と思はばや」に拠る表現。

秋《あき》深《ふか》き隣《となり》は何《なに》をする人《ひと》ぞ

元禄七年

秋が深まり、ひそやかに隣に住む人もそれを感じているであろう。いったいどんな人であろうかと、人懐かしさを覚えることよ。

季語は、秋深し（秋）。隣人を通して他者への広がりを求める孤独な心は、まさに俳席にふさわしい。山本健吉はこの句と〈此の秋は〉の二句を、芭蕉の生涯における発句の頂点に置く。

旅《たび》に病《や》んで夢《ゆめ》は枯《かれ》野《の》をかけ廻《めぐ》る

元禄七年

旅の途中に病に伏してしまったが、この期《ご》におよんでなお、私は夢の中で枯野をさ迷い歩き、風雅の何であるかを探りつづけていることだ。

季語は、枯野（冬）。死を間近にして、芭蕉は自分の妄執の深さを詠んだ。辞世の句ではないが、最後の句であり、俳諧人生に終止符を打つ気持ちであろう。

芭蕉名言抄

（　）内は出典を示す

西行の和歌における、宗祇の連歌における、雪舟の絵における、利休が茶における、その貫道するものは一《いつ》なり。（笈《おい》の小文《こぶみ》）

乾坤《けんこん》の変《へん》は風雅の種《たね》なり。（三冊子《さんぞうし》）

高く心を悟りて俗に帰るべし。（三冊子）

松のことは松に習へ、竹のことは竹に習へ。（三冊子）

俳諧《はいかい》は三尺《さんせき》の童《わらべ》にさせよ。初心の句こそたのもしけれ。（三冊子）

新しみは俳諧の花なり。（三冊子）

俳諧はなくてもあるべし。ただ世情に和《わ》せず、人情に通ぜざれば、人調《ととの》はず。（三冊子）

心に風雅あるもの、ひとたび口にいでずといふことなし。（去来抄《きょらいしょう》）

予が方寸《はうすん》の上に分別《ふんべつ》なし。（雑談集《ぞうだんしゅう》）

俳諧は気に乗せてすべし。

（三冊子）

喪《も》に居る者は悲しみをあるじとし、酒を飲むものは楽しみをあるじとす。

（嵯峨《さが》日記《にっき》）

格に入り、格を出てはじめて、自在を得べし。

（俳諧一葉集《はいかいいちようしゅう》）

俳諧は吟呻《ぎんしん》の間の楽しみなり。これを紙に写す時は、反古《ほうぐ》に同じ。

（俳諧問答《はいかいもんどう》）

俳諧は、教へてならざるところあり。能《よ》く通ずるにあり。

（三冊子）

句は天下の人にかなへることはやすし。ひとりふたりにかなへることかたし。人のためになすことに侍らばなしよからん。（三冊子）

一世のうち秀逸の句三、五あらん人は作者なり。十句に及ばん人は名人なり。（俳諧問答）

俳諧に古人なし、ただ後世の人を恐る。（不玉宛去来論書《ふぎょくあてきょらいろんしょ》）

古人の跡をもとめず、古人の求めたる所をもとめよ。（許六離別詞《きょりくりべつのことば》）

予が風雅は夏炉《かろ》冬扇《とうせん》のごとし。衆にさかいて用ゐるところなし。（許六離別詞）

名人はあやふき所に遊ぶ。俳諧かくのごとし。（俳諧問答）

昨日の我に飽くべし。（俳諧無門関《はいかいむもんかん》）

多年俳諧好きたる人より、外《ほか》の芸に達したる人、はやく俳諧に入る。（三冊子）

心の作《さく》はよし。詞《ことば》の作は好むべからず。（三冊子）

季節の一つも探り出だしたらんは、後世によき賜《たまもの》。（去来抄）

物の見えたる光、いまだ心に消えざる中《うち》にいひとむべし。（三冊子）

謂《い》ひ応《おほ》せて何かある。　（去来抄）

発句は、句つよく、俳意たしかに作《さく》すべし。　（去来抄）

句調《くととの》はずんば舌頭《ぜっとう》に千転《せんてん》せよ。　（去来抄）

切字《きれじ》に用ふる時は、四十八字皆切字なり。用ひざる時は、一字も切字なし。　（去来抄）

発句は、取り合はせ物と知るべし。　（三冊子）

発句は、ただ金《こがね》を打ち延べたる様に作《さく》すべし。（旅寝論《たびねろん》）

かるきといふは、趣向のかるきことをいふにあらず。腸《はらわた》の厚きところより出でて、一句の上に自然《しぜん》あることをいふなり。（俳諧問答）

句位《くゐ》は格の高きにあり。（去来抄）

事は鄙俗《ひぞく》の上に及ぶとも、懐《なつ》かしく言ひとるべし。（去来抄）

句においては、身上《しんじやう》を出づべからず。（去来抄）

絶景にむかう時は、うばはれて叶《かな》はず。　（三冊子）

東海道の一筋もしらぬ人、風雅におぼつかなし。　（三冊子）

いよいよ俳諧御勉《つと》め候《さうら》ひて、老後の楽しみとなさるべく候。　（杉風宛遺言状《さんぷうあてゆいごんじょう》）

芭蕉略年譜

正保元年（一六四四）甲申（寛永二十一年十二月十六日　改元）一歳
伊賀国阿拝郡小田郷上野赤坂《いがのくにあべ》（三重県上野市赤坂町）に出生。上に兄半左衛門および姉が一人、下に妹が三人あった。

寛文二年（一六六二）壬寅　一九歳
藤堂新七郎良精《よしきよ》の嗣子、主計良忠《かずえよしただ》（俳号、蟬吟《せんぎん》。当年二一歳）に出仕したのはこのころか。忠右衛門宗房《むねふさ》と名乗る。

寛文四年（一六六四）甲辰　二一歳
松江重頼《しげより》編『佐夜中山集《さよのなかやま》』に松尾宗房の名で二句入集。

寛文十二年（一六七二）壬子　二九歳
一月、伊賀上野天満宮に自判の三十番発句合『貝おほひ』を奉納。

延宝三年（一六七五）乙卯　三二歳
この年、東下したか。五月、東下中の談林《だんりん》派の総帥西山宗因《そういん》を迎えての俳席に一座。俳号を「宗房」より「桃青《とうせい》」に改める。

延宝四年（一六七六）丙辰　三三歳
春、山口信章《しんしょう》（素堂《そどう》）と両吟百韻『江戸両吟集』を出板。宗因新風に心酔。六月、伊賀に帰省、猶子《ゆうし》桃印《とういん》（一六歳）を伴って江戸に帰る。

延宝五年（一六七七）丁巳　三四歳
本年より四年間、折々に江戸小石川の水道工事の事務に携わる。

延宝六年（一六七八）戊午　三五歳
正月、歳旦帳を上梓。本年江戸で刊行の主要俳書に相当の句数が入集。

延宝八年（一六八〇）庚申　三七歳
四月、『桃青門弟独吟二十歌仙』刊。杉風《さんぷう》、嵐雪、其角らの門弟を擁し、俳壇的地歩を確立した様子がうかがえる。九月、『俳諧合《はいかいあわせ》』刊。冬、深川の草庵に移り、宗匠生活から引退、俳風の変化が始まる。このころから深川の臨川《りんせん》庵《あん》に滞留中の鹿島根本寺の住職仏頂《ぶっちょう》和尚に参禅。

天和元年（一六八一）辛酉（延宝九年九月二十九日改元）三八歳
春、門人李下《りか》より芭蕉の株を贈られ、やがて草庵を芭蕉庵と号する。七月、桃青編『次韻《じいん》』刊。新風への動きがうかがわれる。

天和二年（一六八二）壬戌　三九歳
三月刊の大原千春編『むさしぶり』に初めて「芭蕉」の号が見える。十二月、江戸の大火に類焼し、高山麋塒《びじ》を頼って甲斐国《かいのくに》都留《つる》郡谷村《やむら》（山梨県都留市）に避難し、滞留。

天和三年（一六八三）癸亥　四〇歳
五月、甲斐国より江戸に帰り、其角編『みなし栗』（六月刊）に跋文を書く。漢詩文調を主とする天和期蕉門の風調を代表する撰集である。六月二十日、実母が郷里で死去。冬、第二次芭蕉庵に入る。

貞享元年（一六八四）甲子（天和四年二月二十一日改元）四一歳

八月中旬、門人千里《ちり》と共に『野ざらし紀行』の旅に出る。九月八日帰郷、数日逗留後、大和、吉野、山城を経て、美濃国大垣に谷木因《たにぼくいん》を訪ねる。初冬、熱田にはいり、名古屋で荷兮《かけい》・野水《やすい》・杜国《とこく》らと『冬の日』五歌仙を巻き、蕉風の確立を示す。十二月二十五日、再び伊賀に帰り越年。

貞享二年（一六八五）乙丑　四二歳

二月、故郷より奈良に出てお水取《みずとり》の行事を見たのち、一か月余り京都・大津に滞在。四月、名古屋から木曾路・甲州路を経て、月末江戸に帰着。――以上、前年八月江戸出発より九か月間の旅の紀行が『野ざらし紀行』（別名『甲子《かっし》吟行』）である。

貞享三年（一六八六）丙寅　四三歳

一月、其角らと「初懐紙」百韻を興行。春、〈古池や蛙飛びこむ水の音〉を巻頭に、衆議判『蛙合《かわずあわせ》』を催す。

貞享四年（一六八七）丁卯　四四歳

八月、河合曾良《かわいそら》・宗波《そうは》と『鹿島詣《かしまもうで》』（『鹿島紀行』とも）の旅に出る。十月十一日、其角亭で帰郷送別句会が催され、〈旅人と我が名呼ばれん初しぐれ〉の句を披露。同月二十五日、『笈《おい》の小《こ》文《ぶみ》』の旅に出る。鳴海、熱田、保美、名古屋で吟席をかさね、十二月末伊賀上野に帰郷、越年。

元禄元年（一六八八）戊辰（貞享五年九月三十日　改元）四五歳

二月十八日、父の三十三回忌追善法要を実家で営む。三月十九日、万菊丸《まんぎくまる》（杜国）を伴って吉野の花見におもむき、さらに高野山・和《わ》歌浦《かのうら》・奈良・大《おお》坂《ざか》を経て、須磨・明石をめぐり、四月二十三日、京都にはいる（『笈の小文』の旅）。八月十一日、越人を伴って信《しな》濃国《ののくに》更科《さらしな》の月見におもむき、十五日、名月を姨捨《おばすて》に眺め、善光寺に参詣したのち、碓氷峠《うすいとうげ》を経て、江戸帰着（『更科紀行』の旅）。九月十三日、芭蕉庵にて後《のち》の月見の会を催す。

元禄二年（一六八九）己巳　四六歳

二月下旬、芭蕉庵を譲り、杉風の別墅《べっしょ》に移る。三月二十七日、曾良を伴い、奥羽北陸巡遊の旅に出発する。八月二十日過ぎごろ大垣に至り、九月六日まで滞在（『おくのほそ道』の旅）。この旅行中に不易《ふえき》流行論の着想を得た。大津膳所で越年。

元禄三年（一六九〇）庚午　四七歳

一月三日、伊賀に帰る。諸門人と唱和。三月下旬、膳所に出て『ひさご』所収の歌仙を巻く。四月六日、近江の幻住《げんじゅう》庵《あん》にはいり、七月二十三日まで滞在。在庵中に『幻住庵記《げんじゅうあんのき》』の稿を練る。冬、京都・湖南に出て、大津の川井乙州《おとくに》新宅で越年。

元禄四年（一六九一）辛未　四八歳

一月上旬、大津を去って帰郷し、三月

末まで滞在。四月十八日、京都嵯峨《さが》の去来の別墅落柿舎《らくししゃ》にはいり、五月四日まで滞在。――この間の日記を『嵯峨日記』という。七月三日、去来・凡兆編『猿蓑《さるみの》』刊。人生象徴的な作風に、蕉風の円熟境を示す。十月二十九日、江戸帰着。

元禄五年（一六九二）壬申　四九歳

五月中旬、杉風らの好意で新築された芭蕉庵に移る。八月、森川許六《きょりく》（三六歳）が入門。九月六日、膳所の珍碩（洒堂）東下、芭蕉庵に滞在する（翌年一月下旬まで）。このころ、「軽み」への新たな意欲を示す。諸門人との往来はげしく、身辺多忙を極める。

元禄六年（一六九三）癸酉　五〇歳

三月下旬、猶子桃印が芭蕉庵で死去。彦根へ帰る許六のために四月末、「許六離別の詞」（「柴門ノ辞《さいもんのじ》」とも）を書く。七月中旬より約一か月間、門戸を閉じる。「閉関《へいかん》の説《せつ》」成る。

元禄七年（一六九四）甲戌　五一歳

この年、しきりに「軽み」を説く。五月十一日、少年二郎兵衛を伴い帰郷の途につき、島田・鳴海・名古屋を経て、二十八日、伊賀上野に到着。閏五月十六日、伊賀上野を出て、七月中旬まで大津・京都・嵯峨落柿舎の間に遊ぶ。六月二日ごろ、江戸芭蕉庵留守宅で寿貞《じゅてい》が死去。七月五日、義仲寺《ぎちゅうじ》より京都の去来宅に移り、中旬には盆会《ぼんえ》のため帰郷し、九月七日まで滞在。同月八日、郷里を立ち、奈良を経て大坂に着く。同月十日悪寒《おかん》・頭痛に襲われる。十九日、其柳《きりゆう》亭、二十一日車庸《しやよう》亭、二十七日園女《そのめ》亭などに吟遊。二十八日、病気が再発して臥床《がしよう》、容態悪化する。十月五日、病床を御堂前《みどうのまえ》花屋仁左衛門《にざえもん》方に移す。七日、去来ら来る。八日深更、病中吟〈旅に病んで夢は枯野をかけ廻る〉を示す。十日、遺書をしたためる。十一日、其角到来。十二日、申《さる》の刻（午後四時ごろ）死去。夜、遺骸を淀川の河舟で伏見まで運ぶ。十四日の真夜中、生前の遺言によって義仲寺境内に埋葬。

初句索引

新仮名づかい五十音順による。

あ

か

さ

季語索引

新仮名づかい五十音順による。

あ

か